지킬 박사와 하이드

Dr. Jekyll and Mr. Hyde

아로파 세계문학 11

지킬 박사와 하이드

Dr. Jekyll and Mr. Hyde

로버트 루이스 스티븐슨

Robert Louis Stevenson

이현주 옮김

아로파

차례 |

문(門) 이야기

"Did you ever remark that door?" he asked;
and when his companion had replied in the affirmative,
"It is connected in my mind," added he,
"with a very odd story."
"Indeed?" said Mr. Utterson, with a slight change of voice,
"and what was that?"

변호사 어터슨 씨는 밝게 미소 짓는 법이 없는 엄한 인상의 사람이었다. 간혹 입을 열어도 어색하고 재미가 없었다. 감정을 드러내는 일도 드물었다. 마른 몸에 키까지 커서 싱겁기 그지없고 따분해 보였지만, 그렇다고 매력이 전혀 없는 사람은 아니었다. 가끔 사교 모임에서 나온 와인이 입에 맞으면 지극히 인간적인 눈빛을 보여 주기도 했다. 대화를 나눌 때는 알 수 없던 인간적인 면모가 식사 후에 표정에서 은근히 드러나기도 했지만, 평소의 행동에서 더욱더 자주 눈에 띄게 나타났다. 그는 스스로에게 상당히 엄격했다. 혼자 있을 때는 최고급 와인을 마시는 사치를 포기하고 진을 마셨고, 연극을 좋아하면서도 지난 20년 동안 한 번도 극장 문을 넘어선 적이 없었다. 하지만 그가 다른 사람들에게 너그럽다는 사실은 널리 알려져 있었다. 그는 악행에 휘말린 사람들의 고압적인 태도를 목격하면 부러운 듯한 시선을 보내며 놀라워했다. 그리고 극단적인 행동에 대해서 나무라기보다는 도와주려 했다. 그는 기이한 말을 하곤 했다. "나는 카인의 이단(異端)[1]에 마음이 끌린다네. 동생이 원한다면 악마에게도 보내줄 수 있어." 그는 이런 성격 덕분에 종종 타락하는 사람들이 마지막까지 존경하는 인물 또는 그들에게 좋은 영향을 주는 인물이 되었다. 그리고 그런 사람들이 변호사 사무실 주위에서 오래도록 얼쩡거려도 그의 태도는 전혀 변하지 않았다.

물론 이것은 어터슨 씨에게는 쉬운 일이었다. 워낙 감정을 드러내지 않는 데다가 너그러운 성품을 바탕으로 친구 관계를 맺는 사람이었기 때문이다. 우연히 맺은 친구 관계를 있는 그대로 받아들이는 것은 겸손한 사람의 특징인데, 이 변호사가 바로 그랬다. 그의 친구들은 친척들이거나 아주 오래전부터 알고 지내 온 사람들이었다. 사람들에 대한 그의 애정은 담쟁이덩굴처럼 시간과 함께 자라났는데, 특별히 대상을 가리지도 않았다. 당연히 먼 친척이자 동네에서 유명한 리처드 엔필드 씨와의 관계도 그런 식이었다. 이 두 사람이 서로에게서 어떤 매력을 느끼는지 혹은 어떤 주제로 함께 이야기를 나누는지는 많은 사람들이 풀어야 할 수

---

1) Cain's heresy. 하나님이 아벨은 어디에 있냐고 묻자 카인이 "제가 아우를 지키는 사람입니까?"라고 답했다는 창세기 4장 9절의 내용에 해당하며, 이는 카인이 동생 아벨을 어떻게 살해했는지를 알려준다.

수께끼나 다름없었다. 그들이 일요일에 함께 산책하는 모습을 본 사람들 말에 따르면, 그들은 서로 대화를 나누지 않으며 대단히 따분해 보이는 얼굴을 하고 있다가 어쩌다 다른 친구가 나타나면 크게 안도하며 반가워한다고 했다. 그럼에도 불구하고 두 사람은 이 산책을 한 주의 가장 중요한 행사로 생각했다. 그들은 다른 즐거운 일이 생긴다 해도 포기할 뿐 아니라 업무상의 연락까지 거부하면서 누구도 이 산책을 방해하지 못하게 했다.

두 사람이 런던 번화가의 한 뒷골목에 들어간 때도 이렇게 산책을 하던 중이었다. 그 골목은 좁고 한적해 보였지만 평일에는 거래가 활발해서 사람들로 북적이는 곳이었다. 그곳 주민들은 평소에 장사가 잘되는데도 남보다 성공하기 위해 여윳돈을 죄다 가게 치장에 쏟는 것처럼 보였다. 그 덕분에 골목길에 늘어선 가게 진열대는 활짝 미소 짓는 여점원들처럼 손님을 유혹하는 분위기를 한껏 풍기고 있었다. 평소의 화려한 매력을 감춘, 비교적 한산한 일요일인데도 그 거리는 지저분한 주변과는 달리 숲속에서 타오르는 불꽃처럼 환하게 빛나고 있었다. 사실 새로 칠한 덧문과 번쩍번쩍 윤이 나는 간판 그리고 전반적으로 청결하고 활기찬 분위기만으로도 지나가는 사람들의 시선을 사로잡았고 그들을 즐겁게 해줄 수 있었다.

가게들이 모인 거리는 동쪽으로 가는 왼쪽 모퉁이의 두 번째 집에서 끊기고 말았다. 어떤 집의 안마당으로 이어져 있는 입구 때문이었다. 어딘가 불길해 보이는 그 집은 박공지붕이 길가 쪽으로 불쑥 튀어나와 있는 2층짜리 건물이었다. 그곳에는 아래층의 문 하나와 위층의 더러운 벽면 앞부분을 빼면 창문 하나 없었고, 오래도록 지저분하게 방치된 상태였다. 초인종도 문을 두드리는 쇠고리도 설치되지 않은 문은 여기저기

칠이 들뜨고 더러워져 있었다. 잠시 몸을 피하기 위해 그 집을 찾아 들어
간 떠돌이들이 벽에 성냥을 그어 댔고 아이들은 계단 위에서 물건을 팔
기도 했으며 학생들이 건물의 가장자리를 깎으며 칼날을 시험해 보기도
했다. 거의 한 세대가 지나도록 이런 불청객들을 내쫓거나 집을 손보기
위해 나타난 사람은 한 명도 없었다.

　엔필드 씨와 변호사는 골목길 반대편에 있었다. 그 집 입구에 다다랐
을 때 엔필드 씨가 지팡이를 들어 그쪽을 가리켰다.

　"저 문을 본 적이 있습니까?" 그가 물었다. 그리고 어터슨 씨가 그렇다
고 대답하자 이렇게 덧붙여 말했다. "저 문은 저에게 아주 이상한 이야기
를 떠오르게 합니다."

　"그래? 무슨 이야기인데?" 목소리까지 살짝 달라진 어터슨 씨가 엔필
드에게 물었다.

　"음, 얘기하자면 이렇습니다. 제가 어디 좀 먼 곳을 다녀오는 길이었습
니다. 암흑같이 어두운 겨울밤 새벽 3시경이었죠. 거리는 말 그대로 가
로등 빼고 아무것도 보이지 않았습니다. 모두가 잠든 때였죠. 가두 행진
이라도 있는 것처럼 거리마다 온통 가로등이 켜져 있었지만 교회처럼 썰
렁했습니다. 저는 잔뜩 긴장한 탓에 귀를 쫑긋 세우다가 지쳐 버렸고 경
찰이라도 한 명 나타나면 좋겠다는 마음이 들었습니다. 그런데 그 순간
두 사람이 나타났습니다. 한 사람은 몸집이 자그마한 남자였는데 산책이
라도 하는 듯 동쪽을 향해 성큼성큼 걷고 있었고, 다른 사람은 잘해야 여
덟 살 내지 열 살 정도로 보이는 소녀였는데 있는 힘을 다해 교차로를 달
리고 있었습니다. 그런데 그 둘이 자연스럽게 모퉁이에서 부딪히고 만
겁니다. 그러고는 정말 끔찍한 일이 벌어졌습니다. 남자가 아무렇지도
않은 듯이 넘어진 아이의 몸을 짓밟고 지나가 버렸던 겁니다. 아이는 땅

바닥에 쓰러진 채 비명을 질러 댔습니다. 사실 듣기에는 별일 아닌 것 같지만 정말 끔찍한 광경이었습니다. 그 남자는 사람 같지가 않았습니다. 크리슈나[2] 같은 짓거리를 한 것이지요. 저는 '게 섰거라!' 하고 외치며 그자를 따라가 그의 목덜미를 잡아 아이 쪽으로 끌고 왔습니다. 아이 주변에는 이미 사람들이 몰려들어 있었습니다. 그자는 너무도 태연했고 저항도 하지 않았지만 저를 언뜻언뜻 쳐다보는 눈빛이 어찌나 험악하던지 저는 한참 달리기를 하고 온 사람처럼 진땀을 쏟았답니다. 알고 보니 주변에 몰려 있던 사람들은 그 아이의 가족이었습니다. 그리고 얼마 지나지 않아 의사가 나타났습니다. 사실 그 아이는 의사를 부르러 심부름을 다녀오는 길이었다더군요. 의사 말에 따르면 아이는 크게 다쳤다기보다는 많이 놀란 상태였습니다. 이쯤에서 이야기가 끝날 거라고 생각하실 테지만 정말 이상한 사건은 지금부터 일어난답니다. 저는 그 남자가 처음 봤을 때부터 마음에 들지 않았고, 그건 아이 가족도 마찬가지였습니다. 그건 뭐 당연한 일이겠지요. 그런데 정말 놀라운 건 의사 쪽이었습니다. 그는 평범한 외모에 여느 의사들처럼 쌀쌀맞아 보였습니다. 에든버러 억양이 강했지만 어떤 노래든 똑같이 들리게 만드는 백파이프 같아서 나이나 성격을 도무지 짐작할 수 없었습니다. 그런데 알고 보니 그도 우리와 마찬가지였습니다. 내가 잡아 온 자를 쳐다볼 때마다 의사의 안색이 새하얗게 질리는 걸 보니 그도 그놈을 죽이고 싶은 게 틀림없어 보였습니다. 저는 그 의사의 마음을 이해할 수 있었습니다. 아마 그도 제 마음을 알았겠지요. 그자를 죽이는 건 말도 안 되는 일이었기에 우리는 차선책을 선택했습니다. 우리는 그자에게 이 사건을 사방에 소문내겠다고 협박했습

---

2) Juggernaut. 저거너트의 일차적 의미는 힌두교의 신(神)인 크라슈나의 신상이지만, 여기서는 크리슈나 신을 의미한다.

니다. 런던 천지에 그의 악취 나는 이름이 퍼지도록 만들고, 그에게 친구나 명예가 있다면 모두 잃게 될 거라고도 위협했답니다. 우리는 핏대를 올리며 그를 몰아붙이면서도 여자들이 그자 옆에 가까이 가지 못하게 했습니다. 다들 하피[3]처럼 흥분해 있었거든요. 내가 본 어느 누구보다도 증오에 찬 얼굴들을 하고 있었습니다. 그런데 그놈은 그런 사람들에게 둘러싸여 있으면서도 모두를 비웃듯 냉정하고 오만한 표정을 지었습니다. 얼핏 겁먹은 듯 보이기도 했지만, 사탄처럼 계속 그 표정을 유지하더군요. '당신네들이 이 사고로 돈을 좀 벌어 보겠다면 나도 뭐 어쩔 도리가 없군요. 신사라면 이런 불미스러운 일은 피하려고 하니까. 자, 그럼 액수를 부르시오.' 우리는 아이의 가족을 위해 100파운드를 제시했습니다. 그자는 어떻게든 버텨 보고 싶었겠지만 우리가 해코지를 할 수도 있다고 판단했는지 결국엔 받아들였습니다. 이제 남은 일은 돈을 받아 내는 것이었습니다. 그런데 그자가 우리를 어디로 데려갔는지 아십니까? 바로 저 문이었습니다. 그자는 열쇠를 꺼내 집 안으로 들어가더니 곧바로 금화 10파운드와 쿠츠 은행에서 발행한 수표를 들고 나왔습니다. 그 수표는 소지자가 지불하도록 서명까지 되어 있었습니다. 사실 이 대목이 중요한 부분인데요, 수표에 서명한 사람은 제 입으로 밝히기 어렵지만 어쨌든 신문에도 자주 오르내릴 정도로 아주 유명한 분이었습니다. 수표 액수는 꽤 컸지만 만약 서명이 진짜라면 그 이상도 챙길 수 있을 것 같았습니다. 그래서 제가 이 모든 일이 너무 의심스럽다고 그자에게 따졌습니다. 새벽 4시에 지하실로 들어가서 100파운드에 가까운, 다른 사람의 수표를 들고 나오는 게 말이 되느냐고 물었습니다. 하지만 그자는 그런

---

3) harpies. 고대 신화에 등장하는 날개가 있는 괴물로 여자의 모습이며, 주로 악행에 복수를 가한다.

소리를 듣고도 태연히 코웃음을 치더군요. 그자는 말했습니다. '진정들 하세요. 내가 당신네들과 함께 있다가 은행이 문을 연 후 직접 현금으로 바꿔 주면 되지 않습니까?' 그래서 의사와 아이 아버지 그리고 그 친구와 나까지 모두 우리 집에서 밤을 보내고 아침 식사를 마친 뒤 단체로 은행에 갔답니다. 제가 직접 수표를 건네면서 수표가 위조된 것 같다는 말까지 했는데, 참 별일이죠. 수표는 진짜였습니다."

"쯧쯧." 어터슨 씨가 혀를 찼다.

"무슨 생각을 하시는지 압니다. 정말 끔찍한 이야기죠. 그자는 누구와도 상종하지 못할 괘씸한 인간이니까요. 그런데 수표를 발행한 사람은 정말로 점잖고 유명한 분입니다. (설상가상으로) 소위 선행이라는 것을 베푸는 변호사님 동료들 중 한 분이었습니다. 저는 그자가 틀림없이 그분의 돈을 갈취한 거라고 생각했습니다. 그분은 젊은 시절의 불장난 때문에 터무니없는 대가를 치렀던 거죠. 결론적으로 저 집은 공갈과 협박의 전당입니다. 그렇다 해도 모든 설명을 끝내려면 아직 멀었습니다만." 엔필드는 이렇게 덧붙이고는 잠시 생각에 잠겼다.

어터슨 씨가 갑작스럽게 질문을 던지는 바람에 엔필드는 깊은 생각에서 깨어나고 말았다. "그럼 수표를 써준 사람이 저 집에 살고 있다는 말인가?"

"그럴 만한 곳으로 보이지 않습니까? 그런데 우연히 그의 주소를 알게되었습니다. 그는 어떤 광장 부근에 살더군요." 엔필드 씨가 대답했다.

"그런데 저 문이 달린 집에 대해서는 아무것도 묻지 않았다고?" 어터슨 씨가 다시 물었다.

"예, 그렇습니다. 사실 저는 신중했습니다. 물론 묻고 싶은 마음은 굴뚝같았지만 질문은 최후의 심판과 아주 많이 비슷하거든요. 질문하는 일은 돌을 굴리는 행위와 닮았습니다. 우리가 언덕 위에 가만히 앉아만 있어도 돌은 멀리 굴러가면서 다른 돌을 다시 굴러가게 만듭니다. (그러다가 우리가 생각지도 못한 일이 일어납니다.) 그 굴러 내려간 돌이 자기 집 뒷마당에서 어슬렁거리던 노인네의 머리통을 때리고 마는 거지요. 충격에 빠진 그 집 가족은 결국 개명까지 합니다. 제 원칙이란 이렇습니다. 기이한 사건일수록 따져 묻지 않는 게 좋다."

"아주 좋은 원칙이군." 어터슨 씨가 답했다.

"그래도 직접 저 집을 조사하기는 했습니다. 사실 집처럼 생기지도 않았지만 말입니다. 저 문 외에 다른 문은 없습니다. 그 사건의 남자가 아주 가끔 드나드는 것 빼고는 저 문으로 드나드는 사람은 한 명도 없었습니다. 2층에는 안마당 쪽으로 난 창문 세 개가 있고, 아래층에는 창문이 하나도 없습니다. 창문은 항상 잠겨 있지만 꽤 깨끗했습니다. 그리고 굴뚝에서 보통 연기가 나는 걸로 보아 사람이 살고 있는 게 분명합니다. 물론 확실하지는 않습니다. 안마당 주위에 건물들이 너무 빡빡하게 붙어 있어서 건물의 경계를 구분 짓기가 쉽지 않으니까요."

두 사람은 한동안 아무 말도 없이 다시 걸었다. 한참을 걷던 중에 어터슨 씨가 불쑥 입을 열었다. "엔필드, 자네의 원칙은 정말 훌륭하네."

"네, 저도 그렇게 생각합니다." 엔필드가 대답했다.

"그런데도 한 가지 묻고 싶은 게 있다네. 아이를 짓밟은 남자의 이름을 알려 줄 수 있겠나?" 변호사가 계속해서 말했다.

"뭐, 그자 이름을 가르쳐 드려도 문제는 없겠죠. 하이드였습니다." 엔필드가 대답했다.

"음, 어떻게 생겼지?" 어터슨이 다시 물었다.

"참 설명하기 힘든 자입니다. 그의 외모는 뭔가 문제가 있어 보입니다.

왠지 보기만 해도 기분이 상하고 진저리가 나게 생겼으니까요. 그렇게 혐오스러운 사람은 처음이었는데 왜 그런지는 잘 모르겠습니다. 어딘가 기형인 게 분명했습니다. 정말 기괴하다고 느꼈지만 딱히 어디가 이상한지 짚어 낼 수가 없었습니다. 정말 괴이하게 생긴 사람인데 정확히 뭐가 그런지 표현할 수가 없네요. 네, 어떻게 설명할 방법이 없습니다. 기억이 잘 안 나서가 아닙니다. 지금도 그자의 모습이 눈에 선하니까요."

어터슨 씨는 다시 말없이 걸음을 옮겼다. 깊은 생각에 잠긴 게 분명했다. "그자가 열쇠를 사용한 건 확실한가?" 그러더니 마침내 입을 열었다.

"변호사님……." 엔필드가 놀란 나머지 말을 잇지 못했다.

"그래, 나도 알아. 이상하게 들리겠지. 사실 내가 다른 한쪽의 이름을 묻지 않는 이유는 이미 그가 누구인지 알고 있어서야. 이봐, 리처드. 자네 이야기는 정확했네. 다만 정확하지 않은 사실이 있었다면 지금이라도 바로잡는 게 좋을 거야." 어터슨 씨가 말했다.

"처음부터 그렇게 주의를 주셨으면 좋았을 텐데요. 하지만 정말로 정확하게 말한 겁니다. 그자는 열쇠를 갖고 있었습니다. 게다가 지금도 지니고 있습니다. 불과 며칠 전에 그자가 열쇠를 사용하는 모습을 봤으니까요." 엔필드가 약간 삐친 듯이 대답했다.

어터슨 씨는 깊이 한숨을 내쉬더니 한마디도 하지 않았다. 그러자 답답했던 엔필드가 먼저 입을 열었다. "입을 다무는 게 최선이라는 또 다른 교훈을 얻었네요. 괜스레 너무 나불댄 듯해서 부끄럽습니다. 다시는 이 얘기를 꺼내지 않기로 하시지요."

"그래. 그러는 게 좋겠어, 리처드." 어터슨이 답했다.

하이드 씨를 찾아서

He gave his friend a few seconds to recover his composure,
and then approached the question he had come to put.
"Did you ever come across
a protege of his—one Hyde?" he asked.
"Hyde?" repeated Lanyon.
"No. Never heard of him. Since my time."

그날 저녁, 어터슨 씨는 우울한 기분으로 혼자 살고 있는 숙소에 돌아와 맛없는 저녁 식사를 마쳤다. 일요일에는 항상 식사를 끝낸 뒤 난로 옆에 바짝 앉은 채로 무미건조한 신학서 한 권을 독서대에 놓고 읽다가 동네 교회의 시계가 12시를 알리면 감사하는 마음으로 차분히 잠자리에 드는 게 그의 습관이었다. 하지만 오늘 밤엔 식탁을 치우자마자 촛불을 들고 서재로 갔다. 거기서 그는 금고를 열어 가장 깊숙한 곳에서 봉투에 지킬 박사의 유언장이라고 적힌 서류를 꺼내 들었다. 그러고는 잔뜩 찡그린 얼굴로 내용을 살펴보기 시작했다. 유언장은 자필로 쓴 것이었다. 이미 작성된 서류라서 어터슨이 지금 맡고는 있지만 그는 이 문서가 만들어진 과정에 전혀 도움을 주지 않았다. 유언장 내용은 이러했다. 만약 의학 박사, 민법 박사, 형법 박사 그리고 왕립 협회 회원인 헨리 지킬이 사망할 경우 그의 모든 재산은 '친구이자 후원자인 에드워드 하이드'에게 상속될 것이며 또한 헨리 지킬이 '3개월 이상 실종되거나 알 수 없는 이유로 부재(不在)할 경우' 상기(上記)한 에드워드 하이드가 지체 없이 헨리 지킬의 지위를 대신하는데, 지킬의 가속(家屬)들에게 약간의 돈을 주는 것 외에 어떠한 부담이나 의무로부터도 자유롭다고 명시되어 있었다. 이 서류는 오래전부터 어터슨 변호사의 눈에 거슬렸다. 변호사로서뿐 아니라 건전하고 관습적인 삶을 사랑하는 사람으로서도 그 서류가 마음에 들지 않았다. 그의 눈에 그런 기상천외한 행동은 품위가 없어 보였다. 그리고 그는 지금까지 하이드를 몰랐기 때문에 화가 났고, 이제는 하이드가 어떤 자인지 알게 되어서 더욱더 분노가 치솟았다. 하이드가 이름 외에는 어찌해도 알 수 없는 존재일 때도 역겨웠는데 거기에 혐오스러운 특징들이 더해지니 더더욱 끔찍하게 느껴졌다. 오랫동안 그의 눈을 가로막던, 실체 없는 안개가 걷히자마자 갑작스럽게 끔찍한 악마가 튀어나온 것 같았다.

어터슨은 그 불쾌한 서류를 금고에 다시 넣어 놓고는 이렇게 말했다. "미친 짓이라고 생각은 했지만 이제는 치욕스러운 일로 번질까 봐 두려워지는군."

그는 촛불을 끈 후에 외투를 걸쳐 입고 병원들이 많이 모여 있는 캐번디시 광장 쪽으로 출발했다. 친구인, 위대한 래니언 박사가 그곳에서 병원을 열어 많은 환자들을 맞이하고 있었다. '래니언이라면 알고 있겠지.' 그는 생각했다.

진지한 표정의 집사가 그를 알아보고 반갑게 맞아 주었다. 그는 지체 없이 바로 식당으로 안내되었다. 래니언 박사는 혼자 와인을 마시고 있었다. 래니언은 친절한 사람이었고 건강하며 말쑥하고 혈색 좋은 신사였다. 그의 머리카락은 일찍 세어 버렸는데 그마저도 부스스했다. 그는 잠시도 가만히 있지 못하는 성격이었으며 결단력이 있었다. 래니언은 어터슨을 보자마자 의자에서 벌떡 일어났고 두 팔을 벌려 환영했다. 보기에 따라서는 래니언의 친절이 다소 과장돼 보일 수도 있지만 어터슨은 그가 진심임을 알고 있었다. 두 사람은 오랜 친구였으며 학창 시절을 함께 보냈다. 그리고 자기 자신들뿐 아니라 서로를 무척이나 존중했다. 항상 함께할 수는 없었지만 같이 있을 때만큼은 그 시간을 즐거워했다.

두서없이 이야기를 나누던 중에 어터슨이 기분 나쁘게 자기 머릿속을 사로잡고 있던 그 주제로 화제를 돌렸다.

"래니언, 자네와 나는 헨리 지킬의 가장 오래된 친구겠지?" 어터슨이 물었다.

"친구야 젊을수록 좋겠지만 어쨌든 자네 말은 맞는 얘기지. 그런데 갑자기 그건 왜? 요즘엔 그 친구를 거의 보지 못하는걸." 래니언이 껄껄거리며 말했다.

"그런가? 난 자네들 관심사가 같은 줄 알고 있었는데 말이야." 어터슨이 말했다.

"예전에는 그랬지. 그런데 헨리 지킬이 너무 별나게 행동한 지가 10년도 더 넘었네. 그 친구는 정신적으로 이상해지기 시작했어. 물론 옛정을 생각해서 그에게 계속 관심을 기울이고 있지만 그 친구에게서 뭔가 악마적인 모습을 보게 되었거든. 그런 비과학적인 허튼소리는 다몬과 피티아스[4]라도 갈라놓을 걸세." 갑자기 그가 얼굴까지 붉히면서 대답했다.

래니언이 이렇게 화내는 모습을 보니 어터슨은 마음이 조금 놓였다. '그래, 이 두 친구는 그저 과학을 바라보는 관점이 조금 다를 뿐이야.' 그는 그렇게 생각했다. (부동산 양도 문제를 제외하고) 과학에 대한 열정이 전혀 없는 그에게 그 정도의 문제는 별것도 아니라는 생각까지 들었다. 그는 래니언이 진정할 때까지 잠시 기다렸다가 본론을 꺼냈다. "하이드라고 그의 피후견인을 본 적이 있나?" 그가 물었다.

"하이드? 아니, 들어 본 적 없네. 한 번도." 래니언이 그의 이름을 되뇌며 답했다.

변호사는 결국 그 정도의 정보만 얻고 돌아가야 했다. 집에 돌아온 그는 거대하고 어두운 침대 위에 누운 채로 날이 밝아올 때까지 몸을 뒤척이며 잠을 이루지 못했다. 캄캄한 어둠 속에서 수많은 의문에 둘러싸여 이 생각 저 생각을 하느라 편치 못한 밤을 보내야 했다.

편리하게도 어터슨 집 근처에 있는 교회 종이 그에게 6시를 알려 주었건만 그는 여전히 고민에 빠져 있었다. 이전까지는 지적인 고민 정도에 불과했지만 이제는 상상력까지 동원해야 할 판이었다. 아니, 어쩌면 상상에 사로잡혔다고 하는 편이 맞을 듯싶었다. 커튼을 쳐서 더더욱 컴컴해진 방에 누워서 이리저리 뒤척이다 보니 그의 머릿속에서 엔필드의 이야기가 주마등(走馬燈)처럼 펼쳐졌다. 먼저 밤의 도시에 가로등이 줄지

---

4) Damon and Pythias. 고대 피타고라스학파 철학자들로 우정에 관련된 일화가 유명하다. 기원전 4세기에 피티아스는 사형 선고를 받았는데 그가 중요한 일이 생겨서 감옥에서 잠시 나간다. 피티아스가 돌아오지 않으면 친구인 다몬이 대신 사형을 받기로 한다. 결국 피티아스는 돌아왔고 그들의 우정에 감동을 받은 주교(主敎)는 두 사람을 모두 살려 주었다.

어 서 있는 광장이 등장했고, 뒤이어 빠른 속도로 걷고 있는 남자가 지나갔다. 그 후에 의사 집에서 달려 나오는 아이가 나타났고 결국 그 둘은 만났다. 인간의 탈을 쓴 그 크리슈나는 쓰러진 아이를 짓밟더니 아이의 비명 소리에도 아랑곳없이 지나가 버렸다. 또는, 부잣집의 방이 보였다. 그 방에는 그의 친구가 잠들어 있었는데 꿈을 꾸는지 미소 짓고 있었다. 그때 방문이 열리고 침대 커튼이 펄럭이며 친구가 깨어났다. '보라!' 친구 옆에는 모든 권한을 부여받은 남자가 서 있고, 죽음의 시간에도 친구는 일어나 그의 명령에 복종해야 했다. 이 두 장면 속의 인물이 밤새도록 변호사를 괴롭혔다. 그리고 혹시나 깜박 잠들기라도 하면 그자가 더욱 은밀하고도 빠르게 잠들어 있는 집들 사이를 누비고 다니는 모습이 눈앞에 어른거렸다. 가로등이 켜진 도시의 넓은 미로들을 어찌나 빠르게 다니던지 현기증이 날 정도였다. 그리고 모든 거리의 모퉁이를 돌 때마다 그는 아이를 짓밟았고 비명을 질러 대는 아이를 외면했다. 그자의 얼굴은 여전히 알아볼 수가 없었다. 꿈속에서도 그자는 얼굴이 없거나 혹여 얼굴이 있더라도 그에게 혼란만 일으킨 후에 갑자기 눈앞에서 녹아 내렸다. 변호사의 마음속에 진짜 하이드의 얼굴을 보고 싶다는, 과도할 정도로 강한 호기심이 솟아나 크게 자리를 잡은 것도 바로 꿈속에서였다. 한번만이라도 그를 볼 수 있다면 의문은 잦아들어서 결국에 완전히 사라질 것 같았다. 의심스러운 일이란 원래 잘 살펴보기만 하면 금세 해결되는 법이니까. 그는 하이드를 만나면 친구가 그자를 왜 그렇게 좋아하는지 혹은 그자에게 어떤 이유로 얽매여 있는지(두 사람의 관계는 사람마다 다르게 생각할 것이다.) 알아낼 수 있을 듯했다. 심지어 유언장에 왜 그렇게 기이한 조항을 넣었는지도 알 수 있을 것 같았다. 최소한 그자를 만날 가치는 충분했다. 자비심이라고는 손톱만치도 없는 얼굴, 냉담한 엔필드가 증오심을 누르지 못하고 계속 떠올리고 있는 그 얼굴이니까.

그 후로 어터슨 씨는 가게 뒷골목에 있는 그 문 앞을 자주 찾아가기 시작했다. 오전에 업무를 시작하기 전에, 일이 많은 정오에, 드물게는 안개 낀 도시의 달빛이 비추는 밤에, 환한 가로등 아래에서 혼자서든 누군가와 함께 있든 변호사는 늘 그곳을 찾아갔다.

그는 생각했다. '그자가 꼭꼭 숨더라도 나는 꼭 찾아낼 거야.'

그리고 마침내 그의 끈기는 성과를 얻었다. 맑고 건조한 밤이었다. 공기가 무척이나 차가웠고 거리는 무도회장 바닥처럼 깨끗했다. 어떠한 바람에도 흔들리지 않는 가로등이 늘 그렇듯 빛과 그림자를 그려 내고 있었다. 10시쯤 가게들이 모두 문을 닫자 뒷골목은 아주 한적해졌다. 사방에서 으르렁거리는 듯한 런던의 낮은 소음이 들려 왔지만 아주 작은 소리도 멀리까지 들릴 정도로 매우 조용했다. 길 어느 쪽에 있어도 집 안에서 나는 소리가 밖에서 또렷이 들릴 정도였다. 그러니 지나가는 사람의 발소리가 한참 전부터 들려올 수밖에 없었다. 어터슨 씨가 자리를 지킨 지 몇 분 정도 지났을까, 갑자기 이상하면서도 가벼운 발소리가 가까워지는 게 느껴졌다. 그동안 밤에도 순찰을 돌다 보니 그는 사람의 발소리가 내는 특이한 효과음에 이미 익숙해진 상태였다. 그래서 윙윙거리고 덜거덕거리는 도시의 소음 속에서 갑자기 튀어나온 발소리가 먼 곳에서 들림에도 알아챌 수 있었다. 게다가 그의 주의력은 그 어느 때보다도 날카롭고 예민한 상태였다. 그가 골목 입구로 몸을 피한 행동도 왠지 성공하리라는, 강력하고 미신적인 예감 때문이었다.

발소리가 빠른 속도로 가까워지더니 길모퉁이를 돌 때 갑자기 커졌다. 입구에서 내다보고 있던 변호사는 자신이 어떤 사람을 상대해야 하는지 곧바로 알 수 있었다. 몸집이 작고 평범한 차림새의 사람이었지만 멀리

서 봐도 보는 사람의 기분을 망치는 외모였다. 그런데 그는 시간을 절약하기 위함인지 길을 가로질러 곧장 문으로 향했다. 그러고는 집에 다 온 사람처럼 주머니에서 열쇠를 꺼내 들었다.

어터슨 씨는 한 발짝 앞으로 나와 지나가면서 그자의 어깨를 툭툭 쳤다. "하이드 씨, 맞으십니까?"

하이드 씨는 순간 숨을 삼키며 뒷걸음질 쳤다. 하지만 그의 두려움은 잠시뿐, 비록 변호사의 얼굴을 보지는 않았지만 아주 침착하게 대답했다. "네, 제가 하이드입니다. 무슨 용건이죠?"

"집으로 들어가는 길이셨나 보군요. 저는 곤트가(家)의 어터슨이며 지킬 박사의 오래된 친구입니다. 제 이름은 들어 보셨을 것 같은데. 이렇게 만난 김에 잠깐 시간을 내주셨으면 좋겠습니다." 변호사가 대답했다.

"지킬 박사는 없습니다. 외출했어요." 하이드는 열쇠를 내려다보며 한숨을 쉬었다. 그러더니 그대로 고개를 숙인 채 갑작스레 질문을 던졌다. "날 어떻게 알아 봤죠?"

"우선 제 부탁 좀 들어주시겠습니까?" 어터슨이 말했다.

"그러죠, 무슨 부탁인가요?" 하이드가 대답했다.

"얼굴 좀 보여 주시겠습니까?" 변호사가 다시 부탁했다.

잠시 머뭇거리던 하이드는 갑자기 무슨 생각이 들었는지 반항하는 듯한 태도로 얼굴을 들이밀었다. 두 사람은 몇 초 동안 서로를 뚫어지게 쳐다보았다. "이제는 다시 만나도 알아볼 수 있겠군요. 도움이 됐습니다." 어터슨이 말했다.

"물론 그러겠죠. 우린 잘 만난 것 같습니다. 그건 그렇고, 제 주소도 받으시죠." 하이드 씨가 대답했다. 그러더니 그자는 내게 소호 거리의 어떤 번지수를 알려 주었다.

'세상에, 이 남자는 유언장까지 생각하고 있었던 건가?' 문득 이런 생각이 들었지만 어터슨은 아무런 내색도 하지 않고 그저 주소를 알려 줘서 고맙다는 말만 건넸다.

"자, 이제 말해요. 어떻게 알아봤냐니까요?" 그자가 다시 물었다.

"인상착의를 들었습니다." 어터슨이 대답했다.

"누가 제 인상착의를 얘기해 줬나요?"

"우리 둘 다 아는 친구입니다." 어터슨이 답했다.

"우리 둘 다 아는 친구라고요? 도대체 누굴 말하는 거요?" 하이드는 다소 쉰 목소리로 되물었다.

"예를 들면 지킬 같은 친구죠." 변호사가 말했다.

"그 친구는 당신에게 내 이야기를 한 적이 없습니다. 당신이 거짓말까지 할 줄은 몰랐네요." 하이드가 버럭 화를 내며 말했다.

"이봐요, 말씀이 심하십니다." 어터슨이 말했다.

하이드는 큰 소리로 포악스럽게 웃음을 터뜨렸다. 그러더니 놀라울 정도로 빠르게 문을 열고는 집 안으로 사라져 버렸다.

어터슨은 하이드가 사라진 뒤에도 바로 자리를 뜨지 못하고 잠시 서 있었다. 불안하기 그지없는 상황이었다. 그는 다시 천천히 거리를 오르기 시작했다. 그는 한두 걸음마다 멈추고는 머릿속이 혼란스러운 사람처럼 손으로 이마를 짚었다. 이 문제는 아무리 고민해도 쉽게 해결되지 않을 것 같았다. 하이드는 창백하고 왜소했다. 정상이 아니라는 느낌이 드는데 딱히 어디가 기형인지 말할 수가 없었다. 미소가 불쾌함을 주는 사람일 뿐 아니라 소심함과 대담함이 기이하게 뒤섞인 사람처럼 보였다. 목소리는 약간 쉰 듯했고 속삭이는 것 같으면서도 거칠게 들렸다. 이 모든 점들이 분명히 어터슨에게 거슬렸지만 그를 봤을 때 느껴진, 알 수 없는 혐오감과 반감 그리고 두려움은 그것들만으로 완벽하게 설명되지 않았다. 머릿속이 뒤죽박죽된 변호사는 혼잣말로 중얼거렸다. "뭔가 다른 게 있어. 딱 꼬집어 말할 수 없지만 분명 뭔가 더 있어. 저런, 그자는 인간 같지도 않았어! 유인원 같다고 해야 할까? 혹시 옛날이야기에 나오던 펠 박사[5] 아닐까? 그것도 아니면 단순히 사악한 영혼이 비춰진 모습이 아닐까? 기체처럼 육신을 빠져나와 육신에 변형을 가하는 사악한 영혼 말이야. 그래, 바로 그거야. 오, 불쌍한 헨리 지킬. 내가 누군가의 얼굴에서 사탄의 특징을 봤다면 그건 바로 자네의 새로운 친구라네."

뒷골목 모퉁이를 돌자 고풍스럽고 멋진 주택가가 나타났다. 지금은 대부분이 낙후된 터라 지도 조판공이나 건축가 또는 수상한 구석이 있는 변호사나 사업 대리인 등 온갖 부류의 사람들에게 세를 주고 있지만, 모퉁이에서 두 번째 집만큼은 여전히 집주인이 살고 있었다. 어터슨은 지금 창문 위쪽에 난 작은 창에서만 불빛이 새어 나올 뿐 온통 캄캄하지만 부(富)와 안락함을 풍기고 있는 그 집 앞에 멈춰 문을 두드렸다. 잘 차려입은, 나이 지긋한 하인 한 명이 문을 열었다.

"지킬 박사는 집에 있는가, 풀?" 변호사가 물었다.

"알아보겠습니다, 어터슨 씨." 풀은 방문객을 집으로 들이며 말했다. 그가 안내받아 들어선 거대한 홀은 천장이 낮아 안락한 느낌을 주었다. 바닥에는 판석(板石)이 깔려 있었고 (시골집 양식을 따라) 덮개가 없는 벽난로가 환한 빛을 내며 집 안을 데우는 중이었으며 값비싼 오크 재질의 가구들도 갖추어져 있었다. "여기 난롯가에서 기다리시겠습니까? 아니면 식당에 불을 켜드릴까요?"

---

5) Dr. Fell. 17세기 풍자 시인 토머스 브라운(Thomas Browne)이 썼다고 알려진 시 〈나는 펠 박사 당신이 싫어요〉의 등장인물로 뚜렷한 이유 없이 혐오스러운 사람을 의미한다.

"여기가 좋겠네, 고맙네." 변호사는 대답을 건네고는 높다란 난로 망에 다가가 몸을 기댔다. 지금 어터슨 혼자 남아 있는 이 홀은 그의 친구인 지킬 박사가 좋아하는 공간으로, 어터슨 본인도 런던에서 가장 쾌적한 곳이라고 입버릇처럼 말하곤 했다. 하지만 오늘 밤 어터슨은 그 공간에서 몸서리쳐지는 기분을 느꼈다. 하이드의 얼굴이 그의 머릿속을 무겁게 짓누르고 있는 탓에 그는 인생에 대한 혐오감과 역겨움을 느꼈다. (사실 이런 일을 겪은 적은 거의 없었다.) 우울한 기분 때문이었는지 반짝이는 진열장에 비친 난로 불빛과 천장에 드리워진 불안한 그림자에도 위협을 느꼈다. 잠시 후 풀이 돌아와 지킬 박사가 집에 없다고 알려 주자 부끄럽게도 마음이 놓였다.

"하이드가 전에 쓰던 해부실 문으로 들어가는 모습을 봤네. 지킬 박사가 집에 없는데 그렇게 해도 되는가?" 그가 물었다.

"물론 괜찮습니다, 어터슨 나리. 하이드 씨가 열쇠를 갖고 있으니까요." 하인이 대답했다.

"자네 주인은 그 젊은 친구를 무척이나 믿는 모양이군." 어터슨이 생각에 잠긴 듯 말했다.

"그렇습니다. 정말 신뢰하고 계십니다. 저희 모두 그분께 복종하라는 지시를 받았습니다." 풀이 말했다.

"그런데 난 하이드를 만난 기억이 없는데?" 어터슨이 물었다.

"네, 그러실 겁니다. 그분은 이곳에서 식사하신 적이 없거든요. 사실 저희도 거의 보지 못합니다. 대개는 실험실만 들르시거든요." 집사가 대답했다.

"그럼 잘 있게나, 풀."

"안녕히 가십시오, 어터슨 씨."

어터슨은 아주 무거운 마음으로 집을 향해 발길을 돌렸다. '불쌍한 헨리 지킬. 아무래도 그 친구, 깊은 수렁에 빠진 것 같아! 젊었을 때 제멋대로 굴더니. 물론 오래전 일이지만 신(神)의 법엔 공소 시효가 없나 보군. 아, 분명 그런 거야. 과거에 지은 어떤 죄악의 망령과 감춰진 치욕의 종양이 다시 나타난 거지. 세월이 지나면서 기억이 사라지고 스스로도 잘못을 용서했건만 복수의 화신(化身)이 벌을 주러 온 거야.' 그런 생각에 겁이 난 변호사는 자신의 과거를 곰곰이 되짚었다. 기억의 구석구석을 죄다 더듬다 보니 상자 뚜껑을 열면 자신이 저지른 죄목이 튀어나올 것만 같아서 걱정이 되었다. 그의 과거는 나무랄 데가 없었다. 그보다 떳떳하게 자신의 인생 기록을 읽을 수 있는 사람은 거의 없었다. 하지만 그는 자신이 저지른 수많은 잘못들을 생각하며 겸손해졌고, 실수를 저지를 뻔했지만 가까스로 피해 간 수없이 많은 일들을 떠올린 뒤 냉정을 되찾고 그 일들에 고마움까지 느꼈다. 그리고 다시 원래의 주제를 떠올렸을 때 그는 일말의 희망을 보았다. '그래, 대단해 보이는 이 하이드라는 작자도 조사해 보면 뭔가 숨기는 게 있을 거야. 그자의 생김새를 보면 더러운 비밀이 있는 게 분명해. 그자의 비밀에 비하면 지킬이 저지른 최악의 실수는 햇살 같겠지. 계속 이런 식으로 놔둘 수는 없잖아. 그자가 도둑처럼 몰래 헨리의 침대에 다가간다고 생각하니 소름이 끼치는걸. 불쌍한 헨리, 잠에서 깨면서 얼마나 놀라겠어! 그리고 그 위험은 또 어떻고. 만약 그자가 유언장이 있는 걸 안다면 당장 상속받고 싶어서 안달이 나겠지. 그래, 지킬이 허락만 한다면 내가 힘을 내야 돼.' 그는 한 번 더 자신에게 말했다. '지킬이 허락만 한다면.' 다시 한번 그의 눈앞에 그 기이한 유언장 조항이 투명할 정도로 선명하게 보이는 듯했다.

너무나도 느긋한 지킬 박사

"I don't ask that," pleaded Jekyll,
laying his hand upon the other's arm;
"I only ask for justice;
I only ask you to help him for my sake,
when I am no longer here."

　2주일 뒤, 운 좋게도 지킬 박사가 즐거운 저녁 식사 자리를 마련했다. 옛 친구 대여섯 명을 불렀는데 다들 지적이고 명망이 높을 뿐 아니라 와인에 대해서도 일가견이 있었다. 어터슨은 이리저리 핑계를 댄 끝에 모두가 돌아간 후 혼자 남아 있을 수 있었다. 예전에도 수없이 그랬기 때문에 새삼스러운 일도 아니었다. 사실 어터슨을 아끼는 사람들은 그를 무척이나 좋아했다. 걱정할 줄 모르고 입이 가벼운 친구들이 떠나고 나면 주인들은 이 무뚝뚝한 변호사와 이런저런 얘기를 나누며 그를 붙들어 두고 싶어 했다. 그들은 남 일에 나서지 않는 이 친구와 잠시 조용히 앉아 고독을 즐기면서 한껏 들떴던 마음을 진정시키고 긴장을 풀며 정신을 가다듬는 일을 좋아했다. 이 점에서는 지킬 박사도 예외는 아니었다. 그는 난로 맞은편에 자리를 잡았다. 균형 잡힌 몸매에 매끈한 얼굴을 한 50대의 그는 다소 교활한 느낌도 풍기지만 능력과 친절함을 모두 갖추고 있는 사람이었다. 표정만 봐도 그가 어터슨에게 진심으로 따뜻한 애정을 품고 있음을 알 수 있었다.

어터슨이 대화를 이끌었다. "예전부터 자네에게 하고 싶은 말이 있었네. 자네가 쓴 유언장 기억하지?"

세심하게 관찰하는 사람이라면 그가 꺼내려는 이야기가 불쾌한 주제임을 알아챘을 것이다. 그러나 지킬 박사는 별일 아닌 척하며 유쾌하게 넘어갔다. "이런, 가여운 어터슨. 운 나쁘게 나 같은 의뢰인을 만나다니. 내 유언장 때문에 자네처럼 고민하는 사람은 처음 봐. 아, 한 사람이 더 있지. 그 고집 세기로 유명한 현학자(術學者) 래니언 말일세. 그 친구는 내 과학이 이단이라고 주장하지 않나. 나도 래니언이 좋은 친구라는 건 알고 있다네. 그러니 그렇게 인상 쓰지 마. 래니언은 항상 어울리고 싶을 정도로 정말 훌륭한 친구지. 그래도 그 친구 고집은 알아 줘야 해. 무지하고 뻔뻔스러운 현학자야. 래니언만큼 실망스러운 친구는 없다네."

"내가 그 유언장에 찬성하지 않는다는 것은 자네도 알고 있지?" 어터슨은 지킬이 새로 꺼낸 래니언 얘기는 무시하고 원래의 주제를 이어 나갔다.

"내 유언장 말인가? 그래, 물론 나도 알고 있지. 자네가 그렇게 얘기했으니까." 지킬은 약간 날카롭게 대답했다.

"그래, 이참에 다시 얘기하려고. 내가 하이드라는 젊은이에 대해 알게 된 사실도 있고 해서." 변호사가 말했다.

　그 순간 지킬의 크고 잘생긴 얼굴이 입술까지 창백해졌고 눈가에는 침울한 기운까지 돌았다. "더는 듣고 싶지 않네. 이 문제는 더 이상 꺼내지 않기로 얘기된 거 아니었나?"

　"너무 끔찍한 얘기를 들어서 그래." 어터슨도 지지 않고 말했다.

　"그렇다고 달라질 건 없어. 자넨 내 입장을 이해하지 못하니까." 지킬은 다소 앞뒤가 맞지 않는 태도로 대답했다. "내 입장이 아주 곤란하거든, 어터슨. 아주 이상한 상황이라네. 정말로 이상해. 대화로 어찌할 수 없는 상황이야."

　"지킬, 자네는 나를 잘 알지 않나. 나는 믿을 만한 사람이야. 무슨 일인지 속 시원히 털어놓으라고. 분명 내가 자네를 그 곤경에서 빠져나오게 해줄 수 있을 걸세." 어터슨이 말했다.

　"어터슨, 자넨 참 착한 친구야. 정말 고마워. 어떻게 고마움을 전해야 할지 모르겠군. 물론 자네를 정말로 신뢰하네. 이 세상 누구보다 자네를 믿지. 만약 선택이 가능하다면 나 자신보다도 자네를 믿을 거라네. 하지만 이건 자네가 생각하는 그런 문제가 아니야. 그렇게까지 나쁜 상황도 아니고. 자네가 마음을 놓을 수 있게 한 가지는 얘기해 주지. 만약 선택을 내려야 하는 순간이 온다면 나는 언제든 하이드를 없애 버릴 수 있어. 그건 약속할 수 있다네. 아무튼 정말 고맙네. 아, 어터슨, 한마디만 더 하지. 자네가 이해해 주리라 믿겠네만 이건 사적인 문제야. 그러니 더 이상 신경 쓰지 말게나."

　어터슨은 난롯불을 바라보며 잠시 생각에 잠겼다.

　"그래, 자네 생각이 전적으로 옳겠지." 어터슨은 마침내 자리에서 일어서며 말했다.

"이왕에 이런 말이 나왔으니 계속하겠네. 이번이 마지막이었으면 좋겠군. 자네가 이해해 줬으면 하는 일이 있네. 사실 난 그 불쌍한 하이드에게 관심이 꽤 많아. 자네가 하이드를 본 걸 알고 있다네. 그 친구가 자넬 만났다고 하더군. 그가 무례하게 굴었을까 봐 걱정이네. 하지만 나는 진심으로 그 젊은 친구에게 관심이 많다네. 그러니 어터슨, 만약 내게 무슨 일이 생기면 그 친구를 너그럽게 대해 주고 그의 권리를 지켜 주겠다고 약속하게. 물론 자네가 모든 걸 알게 된다면 그렇게 해줄 거라고 믿어. 하지만 자네가 이 자리에서 약속해 준다면 내 마음의 짐이 하나 덜어질 듯하네."

"그자를 좋아하는 척할 수는 없다네." 변호사가 대답했다.

"좋아해 달라는 게 아니라 그냥 공정하게 대해 달라는 것뿐일세. 내가 없더라도 나를 생각해서 그 친구를 도와 달라고 부탁하는 거야." 지킬은 어터슨의 팔을 잡고 애원했다.

저절로 한숨이 나왔지만 어터슨은 "그래, 약속하지."라고 대답했다.

커루 살인 사건

And next moment, with ape—like fury,
he was trampling his victim under foot,
and hailing down a storm of blows,
under which the bones were audibly shattered
and the body jumped upon the roadway.

 1년쯤 뒤인 18--년 10월, 런던은 대단히 잔혹한 범죄에 큰 충격을 받았다. 피해자의 신분이 높았던 탓에 사건은 더욱 주목을 받았고 구체적인 내용은 몇 가지 밝혀지지 않았지만 그 자체만으로도 상당히 끔찍한 일이었다. 강 근처에 홀로 사는 하녀 한 명이 11시쯤 잠자리에 들기 위해 위층으로 올라갔다. 이른 새벽이 되면 안개가 도시를 감쌌지만 그날 초저녁에는 구름 한 점 없었다. 그리고 그 집 창문에서 내려다보이는 길은 보름달 덕분에 환하게 빛나기까지 했다. 하녀는 낭만적인 편이었는지 창문 바로 밑에 있는 상자 위에 앉아 명상에 빠져들었다. 세상 사람들이 그렇게 편안하게 느껴지고 세상이 그렇게 따뜻하게 느껴진 적은 한 번도 없었다. (그녀는 이 이야기를 하면서 눈물까지 흘렸다.) 그 상태로 앉아 있는데 잘생긴 백발의 노신사 한 명이 길을 따라 올라오고 있는 모습이 눈에 들어왔다. 그리고 그 노신사를 만나러 왔는지 아주 작은 신사 한 명이 더 나타났지만 그녀는 처음에 그에게 별로 관심을 갖지 않았다. (그 하녀가 보기에) 두 사람이 서로 대화를 나눌 수 있을 정도로 가까워지자 노신사가 인사를 하면서 아주 정중한 태도로 상대에게 말을 걸었다. 그가 꺼낸 말은 그다지 중요하지 않은 듯했다. 손으로 어딘가를 가리키는 모습은 단지 길을 묻고 있는 것으로 보이기도 했다. 하지만 달빛이 그 남자의 얼굴을 환히 비춰 준 덕분에 그녀는 기분 좋게 그의 얼굴을 지켜보았다. 선량한 얼굴에 예스러운 친절함이 몸에 밴 듯한 것은 물론 당당하면서 자신감이 넘치는 사람이었다. 그리고 곧바로 상대 남자에게로 시선을 돌린 그녀는 그가 하이드 씨임을 알고 깜짝 놀랐다. 언젠가 주인을 찾아온 적이 있던 그는 왠지 기분 나쁜 느낌이 드는 사람이었다. 그는 손에 든 큰 지팡이를 만지작거리기만 할 뿐 한 마디도 하지 않았다. 노신사의 말을 듣고만 있던 하이드는 초조한 기색을 감추지 못하는 듯했다. 그러다 그가 갑자기 불같이 화를 내면서 발을 구르더니 이윽고는 지팡이를 휘두르기 시작했다. (하녀의 설명에 따르면) 미친놈과 다름없었다. 노신사는 정말로 놀란 데다 약간은 기분까지 상한 듯이 한 걸음 물러났다. 그러자 하이드 씨는 완전히 이성을 잃고 노인을 때려눕혔다. 그다음에 원숭이처럼 광분한 그는 상대를 발로 짓밟고 끊임없이 주먹질을 해댔다. 궁극에는 뼈가 부러지는 소리가 들렸고 길바닥에 쓰러진 노신사는 경련을 일으켰다. 하녀는 이 끔찍한 광경과 소리에 그만 기절하고 말았다.

그녀가 의식을 되찾고 경찰을 부른 때는 2시였다. 살인자는 오래전에 사라진 뒤였고 피해자는 길 한가운데에 완전히 난자(亂刺)당한 채 버려져 있었다. 살인에 사용된 지팡이는 아주 튼튼하고 희귀한 나무로 만든 것이었지만 이 비정하고 잔인한 매질의 충격을 못 견디고 두 동강이 났다. 가운데가 부러지고 만 지팡이 한쪽은 근처 도랑에 버려져 있었는데 다른 한쪽은 살인자가 들고 간 게 확실해 보였다. 피해자에게서 지갑과 금시계가 발견되었지만 명함이나 신분증 같은 물건은 나오지 않았다. 다만 우체국에 가져가는 길이었는지 도장이 찍힌 채로 봉인되어 있는 봉투 하나가 발견되었고 거기에는 어터슨 씨의 이름과 주소가 적혀 있었다.

이 봉투는 어터슨이 다음 날 아침 자리에서 일어나기도 전에 그에게 전달되었다. 그는 봉투를 보고 상황 설명을 듣자마자 심각하게 입을 쭉 내밀었다. "시체를 보기 전까지는 아무 말도 할 수 없겠지만 정말 중대한 일인 것 같군요. 미안한데 옷을 입을 동안 잠시 기다려 주겠소?" 그는 심각한 표정으로 아침 식사를 서둘러 마치고는 시신이 옮겨진 경찰서로 향했다. 그는 시신이 있는 독방에 들어가자마자 고개를 끄덕였다.

"누군지 알겠네요. 유감스럽게도 이분은 댄버스 커루 경(卿)입니다." 그가 말했다.

"세상에, 정말입니까?" 경관이 깜짝 놀라 소리를 질렀다. 그러고는 곧바로 그의 눈이 번뜩였는데 직업적인 야심 때문인 듯했다. "세상이 시끄러워지겠군요. 변호사님께서 범인을 잡는 데에 도움을 주시리라 믿습니다." 경관은 이렇게 말하고 나서 하녀의 목격담을 간략하게 설명한 후 부러진 지팡이를 보여 주었다.

어터슨은 하이드라는 이름에 이미 움찔했지만 눈앞의 지팡이를 보고는 더 이상 의심할 수 없었다. 부러져서 엉망이 된 상태였지만 그는 그

지팡이를 한눈에 알아볼 수 있었다. 그가 여러 해 전에 헨리 지킬에게 선물한 물건이었기 때문이었다.

"이 하이드라는 사람이 키가 작다고 하던가요?" 그가 물었다.

"하녀 말로는 아주 작고 사악하게 생겼다더군요." 경관이 답했다.

어터슨은 잠시 생각하더니 고개를 들며 말했다. "내 마차로 함께 간다면 그자의 집에 데려다줄 수 있습니다."

그때가 아침 9시경이었는데, 가을 들어 처음으로 안개가 낀 날이었다. 하늘에는 초콜릿 빛깔의 거대한 구름이 낮게 드리워져 있었다. 바람이 계속 세차게 몰아치며 짙은 안개를 몰아내고 있었기 때문에 마차가 여러 거리를 차례로 지나가는 동안 빛과 어둠이 다채롭게 펼쳐지는 광경을 볼 수 있었다. 그곳은 한동안 늦저녁만큼 어두웠는데 다른 곳으로 가니 이번에는 기이한 화재라도 난 듯 짙게 이글거리는 갈색 빛이 환하게 보였다. 그리고 때로는 안개가 완전히 걷히면서 대낮의 매서운 태양빛이 휘감긴 구름 사이로 들어오기도 했다. 시시각각 달라 보이는 소호의 이 음산한 구역은 질펀거리는 길과 차림이 추레한 행인들, 다시 찾아든 이 음침한 어둠과 맞서기 위해 새로 켜진 것인지 아니면 꺼진 적이 없는 것인지 모를 가로등 때문에 악몽에 등장하는 도시의 일면처럼 보였다. 그의 마음 역시 그 침울함에 물든 것 같았다. 자신과 동승한 경관을 흘낏 바라보니 법과 법을 집행하는 자의 그 두려운 손길이 느껴지는 것만 같았다. 때때로 가장 착한 사람들도 공격하는 손길이니 말이다.

마차가 목적지에 다다를 즈음 안개가 조금 걷힌 덕에 더러운 거리가 한눈에 들어왔다. 천박한 술집, 질 나쁜 프랑스 식당, 싸구려 소설과 값싼 야채를 파는 가게, 누더기를 걸친 채 문가에 모여 있는 아이들이 보였다. 그리고 여러 국적의 여자들이 손에 열쇠를 쥐고 아침부터 술을 마시러 가는 모습도 보였다. 하지만 그것도 잠시, 다시 암갈색 안개가 내려앉으면서 그 지저분한 주변을 완전히 가로막았다. 헨리 지킬이 그토록 총애하는 자의 집이 여기라니. 그것도 25만 파운드를 상속받을 자가.

상앗빛 피부의 은발 노파가 문을 열었다. 사악한 얼굴을 위선으로 감춘 듯했지만 예의범절은 나무랄 데 없었다. 그녀는 "네. 하이드 씨 댁이 맞습니다. 그런데 지금은 여기에 안 계십니다. 밤늦게까지 계시다가 나가신 지 한 시간도 안 됐습니다."라고 말했다. 그녀는 특별히 이상할 건 없다고 했다. 습관이 아주 불규칙하기 때문에 집을 비우는 일이 종종 있다는 얘기였다. 예를 들어 어제 그녀가 그를 만난 것도 거의 두 달 만이라고 했다.

"좋아요, 그럼. 그의 방이라도 봐야겠군." 변호사가 이렇게 말하자 노파는 안 된다고 말했다. "여기 이분이 누군지 이야기해야겠군. 바로 런던 경찰청의 뉴커먼 경관님이라네."

그 순간 노파의 얼굴에 흉측한 기쁨의 섬광이 번뜩이는 듯했다. "아, 결국 문제가 생긴 모양이군요! 그 사람이 무슨 일을 저질렀나요?" 노파가 물었다.

어터슨과 경관은 눈빛을 교환했다. 경관이 입을 열었다. "그자가 그리 인기 있는 사람은 아닌가 보군. 자, 이제 이 신사분과 내가 방을 좀 둘러봐야겠소."

노파가 없었다면 텅 빈 집이었을 그 집에서 하이드는 단 두 개의 방만을 사용했다. 하지만 두 방 모두 호화롭고 훌륭한 취향에 맞춘 가구들로 채워져 있었다. 벽장은 와인으로 가득 차 있었고 그릇은 모두 은 제품이었다. 식탁보도 우아했고 벽에는 훌륭한 그림이 걸려 있었다. (어터슨이 추측하기로는) 미술에 조예가 깊은 헨리 지킬이 선물해 준 그림 같았다.

카펫은 여러 겹으로 되어 있는 데다가 색깔 또한 방과 잘 어울렸다. 하지만 누군가 방금 전에 그 방을 황급히 뒤진 흔적이 곳곳에 남아 있었다. 옷들은 주머니가 뒤집힌 채 바닥에 널려 있었고 자물쇠를 채우는 서랍도 열려 있었으며 서류를 잔뜩 태웠는지 난로 위에 회색 재가 수북했다. 경관은 잿더미를 뒤져 타다 남은 녹색 수표책(手票冊)을 끄집어냈다. 지팡이 반쪽이 문 뒤에서 발견되자 경관은 이로써 하이드의 혐의를 확정 지을 수 있게 되었다며 즐거워했다. 그는 은행에서 살인자의 계좌에 수천 파운드가 남아 있다는 사실을 확인하자 더더욱 만족스러워했다.

"이제 걱정 없습니다. 그놈은 제 손안에 있으니까요. 그는 당황한 게 분명합니다. 그렇지 않았다면 지팡이를 두고 갔을 리가 없겠죠. 무엇보다 수표책을 불태우다니요. 그자에게는 돈이 생명줄일 텐데. 이제 우리는 그냥 은행에서 그자를 기다리면서 수배 전단만 배포하면 됩니다."

하지만 수배 전단을 배포하는 것은 그리 쉬운 일이 아니었다. 하이드를 아는 사람이 거의 없었기 때문이었다. 심지어 가정부조차도 그를 두 번밖에 보지 못했다고 했다. 그의 가족은 어디 사는지 찾지 못했고 그는 사진 한 장 찍은 적이 없었다. 게다가 목격자들이 다들 그렇듯이 하이드의 인상착의를 설명할 수 있는 사람들 몇 명은 각기 다른 얘기를 했다. 하지만 그중 한 가지는 일치했는데 그 도망자에게서 말로 표현하기 힘든 기형의 느낌을 받았다는 점이었다.

편지 사건

"Well, sir," returned the clerk,
"there's a rather singular resemblance;
the two hands are in many points identical:
only differently sloped."

늦은 오후 어터슨 씨는 지킬 박사의 집을 찾아갔다. 그는 풀의 안내에 따라 주방을 지나 한때 정원이었던 안마당을 질러간 뒤에 한 건물에 도착했다. 보통 실험실 또는 해부실로 불리는 건물이었다. 지킬 박사는 어느 유명 외과 의사의 상속인들로부터 그 집을 구입했는데, 그의 취향이 해부학보다는 화학 쪽이었던 터라 안마당에 있는 지하 건물의 용도를 바꾸어 놓았다. 변호사도 그 안에는 처음 들어가는 것이어서 호기심 어린 눈빛으로 창문 하나 없는 그 음침한 건물을 둘러보았다. 주변을 살펴보니 불쾌하게도 기이한 느낌이 들었다. 한때는 진지한 학생들로 가득 찼을 강의실이 지금은 너무 고요한 나머지 음산함까지 느껴졌다. 탁자 위에는 아직도 실험 기구들이 놓여 있었고 바닥에는 상자와 포장용 짚들이 잔뜩 어질러져 있었다. 뿌옇고 둥근 천장을 통해 흐릿한 빛이 들어왔다. 강의실 끝 쪽에 난 계단을 따라 올라가니 붉은 천으로 덮인 문이 보였고, 그 문을 들어서니 마침내 지킬 박사의 서재가 나왔다. 사방에 유리 벽장이 놓인 넓은 서재에는 전신 거울과 사무용 책상 등이 있었고 쇠창살로 가로막힌 더러운 창문이 세 개나 있었다. 창문 너머로는 안마당이 내려다보였다. 벽난로에 불이 지펴져 있었고 굴뚝 선반에는 등이 하나 켜져 있었다. 집 안에도 안개가 자욱하게 끼기 시작했기 때문이었다. 지킬 박사는 난롯불 가까이에 앉아 있었는데 많이 아파 보였다. 그는 어터슨을 맞기 위해 일어나지도 못하고 차가운 손만 내밀며 평소와 다른 목소리로 인사를 건넸다.

"그래, 소식은 들었지?" 풀이 서재를 나가자마자 어터슨이 물었다.

"광장이 그 일로 난리가 났더군. 나는 내 식당에서 들었네." 지킬이 부들부들 떨며 대답했다.

"한마디만 하지. 커루는 내 고객이었지만 자네 고객이기도 하네. 도대체 이게 무슨 일인지 알아야겠어. 자네가 그 친구를 숨겨 줄 정도로 미치지는 않았겠지?" 변호사가 물었다.

"어터슨, 신께 맹세하네. 다시는 그자를 만나지 않겠어. 자네에게 내 명예를 걸고 말하지. 그자와 나는 끝났어. 다 끝난 거야. 그리고 그자도 내 도움을 원치 않는다네. 자네는 나만큼 그 친구에 대해 알 수가 없어. 그는 이제 해를 끼치지 않을 거야. 안전하다는 말일세. 내 말을 믿게나. 더 이상 그자의 소식은 못 들을 걸세." 지킬이 소리치듯 답했다.

변호사는 침울한 마음으로 지킬의 말을 듣고 있었다. 그는 친구의 흥분한 듯한 태도가 마음에 들지 않았다. "자네는 그자에 대해 확신하는 것 같군. 자네를 위해서라도 그 말이 맞기를 바라네. 만약 재판이라도 이루어지면 자네 이름이 나올 수도 있으니까."

"나는 그 친구에 대해 확신한다네. 누구에게도 얘기하진 못하지만 그럴 만한 근거도 있어. 그보다 한 가지 조언을 구할 게 있어. 사실 편지를 한 통 받았는데 경찰에게 이걸 보여 주는 게 좋은가 싶어서 말이야. 어터슨, 자네가 이 편지를 맡아 줬으면 좋겠어. 자네는 현명하게 판단할 거라고 확신하니까. 자네라면 얼마든지 믿을 수 있다네." 지킬이 말했다.

"이 편지 때문에 그자가 잡힐까 봐 걱정되는가?" 변호사가 물었다.

"아닐세. 하이드가 어떻게 되든 이젠 상관없어. 그자와는 끝났으니까. 다만 내 평판이 걱정돼서 하는 말이야. 이 끔찍한 일로 이미 내 이름이 드러났지 않은가."

어터슨은 잠시 생각에 잠겼다. 그는 친구의 이기적인 태도에 다소 놀랐지만 금세 마음이 놓였다. "알았네. 우선 편지 좀 보지." 그가 마침내 입을 열었다.

편지는 기이할 정도로 또박또박 쓰여 있었고 '에드워드 하이드'라고 서명까지 되어 있었다. 간단하게 이야기하면, 은인인 지킬 박사가 한없이 자비를 베풀어 주었는데 자신이 배은망덕한 짓을 저질렀으며 그에게는 확실한 탈출 방법이 있기 때문에 자신의 안전에 대해서는 걱정할 필요가 없다는 내용이었다. 어터슨은 편지 내용이 상당히 마음에 들었다. 그의 생각보다 둘 사이가 그리 가깝지 않은 듯 보였기 때문이었다. 그는 그렇게까지 의심했던 자신을 책망했다.

"봉투는 갖고 있나?" 변호사가 물었다.

"별 생각 없이 태워 버렸어. 하지만 소인(消印)은 없었네. 인편으로 받앗거든." 지킬이 대답했다.

"내가 갖고 있으면서 생각 좀 해봐도 되겠나?" 어터슨이 물었다.

"자네가 나만 생각하면서 판단해 주길 바라네. 나 자신을 믿을 수가 없군." 이것이 지킬의 대답이었다.

"그래, 한번 생각해 보지. 그리고 한 마디만 더 묻겠네. 유언장에 자네가 실종될 경우의 조항들을 받아 적게 한 사람이 하이드였나?"

박사는 현기증을 느끼는 듯했다. 그는 입을 굳게 다물더니 고개만 끄덕거렸다.

"그럴 줄 알았네. 그자는 자네를 죽이려고 했어. 용케도 잘 피했군." 어터슨이 말했다.

"그 일에서 훨씬 더 중요한 걸 얻었지. 교훈 말일세. 어터슨, 내가 이런 교훈을 얻다니 어처구니가 없어." 지킬 박사는 진지하게 말했다. 그러고는 잠시 두 손으로 얼굴을 가렸다.

어터슨은 나가는 길에 잠깐 풀과 몇 마디를 나누었다. "그런데 말이야. 오늘 편지를 받았다던데. 편지를 갖고 온 사람은 어떻게 생겼던가?" 어터슨이 물었다. 하지만 풀은 우편으로 온 편지 외에는 무엇도 오지 않았으며 '우편물도 광고지뿐이었다'고 덧붙였다.

이 얘기를 듣고 어터슨은 다시 두려움에 휩싸였다. 편지는 실험실로 바로 전달되었거나 서재에서 작성된 것이 분명했다. 만약 그렇다면 이 문제는 다르게 판단해야 하며 더 신중하게 취급해야 할 듯했다. 그가 그런 생각을 하며 걸어가고 있는데 신문 파는 소년들이 쉰 목소리로 "호외! 충격적인 국회 의원 살해 사건이오!"라고 외치며 거리를 지나가고 있었다. 친구이자 고객인 사람의 추도사(追悼辭)인 셈이었다. 이 추문의 소용돌이 속에 또 다른 친구의 명예가 휩쓸려 들지 모른다고 생각하니 불안감이 엄습했다. 그는 이제 힘든 결정을 내려야 했다. 본디 자신감이 넘치는 그였지만 누군가의 조언을 구하는 게 좋겠다는 생각이 들기 시작했다. 직접적으로 조언을 얻지는 못해도 넌지시 물어볼 수는 있을 거라고 생각했다.

얼마 후 그는 자기 집 난롯가에 앉아 있었다. 사무장인 게스트 씨는 반대편에 서 있었는데 그와 벽난로 사이의 거리를 정확히 계산했을 때 중간쯤에 와인 한 병이 놓여 있었다. 그의 지하실에서 오래도록 숙성된 특별한 와인이었다. 짙은 안개가 여전히 도시를 덮고 있는 탓에 가로등 불빛은 석류석(石榴石)처럼 반짝였다. 질식시킬 듯이 낮게 드리운 구름 사이로 도시 속 삶의 행렬은 강력한 바람처럼 굉음을 내면서 여전히 이 거대한 거리를 지나가고 있었다. 하지만 방은 난로 덕분에 아늑했다. 와인의 신맛은 오래전에 사라졌다. 스테인드글라스를 통과하면 점점 더 풍부해지는 빛처럼 황제의 색이라는 와인의 빛깔 또한 세월과 함께 부드러워져 있었다. 산허리 포도밭을 비추던 뜨거운 가을 햇살이 사방으로 퍼져 나와 런던의 안개마저 흩트릴 준비를 하는 듯했다. 변호사는 자신도 모르는 사이에 마음이 누그러졌다. 게스트에게는 어떠한 비밀도 털어놓을 수 있었다. 사실은 비밀로 하려던 얘기를 그에게 들키는 일이 허다했다. 게다가 게스트는 일 때문에 지킬 박사 집을 자주 들렀던 터라 풀과도 잘 아는 사이였다. 그러니 하이드가 그 집에 드나들었다는 얘기를 들은 건 거의 확실했고, 자기 나름대로 결론을 내렸을지도 몰랐다. 그렇다면 그 수수께끼를 풀어 줄 편지를 보는 게 당연하지 않겠는가? 그리고 무엇보다도 게스트는 훌륭한 학생이자 필체 연구가이기 때문에 편지 감식을 당연한 일이라고 생각할 것이다. 그런데다가 그는 법률 고문이니 정말로 이상한 자료라고 판단되면 한마디 할 게 분명했다. 어터슨은 그의 생각을 들으면 앞으로 어떻게 해야 할지 대충이라도 결정할 수 있을 듯했다.

"이번 댄버스 경 사건은 참으로 안타깝네." 그가 말했다.

"왜 아니겠습니까? 다들 그렇게 느끼고 있습니다. 정말 그런 미친놈 때문에." 게스트가 답했다.

"그 일 때문에 자네 의견을 좀 듣고 싶어. 이게 그자의 필적이 담긴 편지야. 우리끼리라 하는 얘긴데 이 편지를 어떻게 해야 할지 모르겠어. 게다가 좋은 일도 아니고. 어쨌든 이것 좀 보게나. 살인자의 자필 편지는 자네 전문이잖아."

게스트의 눈빛이 밝아졌다. 그는 곧바로 자리에 앉더니 열심히 편지를 살펴보았다. "이자가 미치지는 않았지만 기이한 필체군요."

"누가 봐도 아주 이상한 작자가 쓴 거야." 변호사가 덧붙였다.

바로 그때 하인이 편지를 들고 왔다.

"지킬 박사님께서 보내신 겁니까? 제가 그분 필체를 알거든요. 사적인 내용인가요, 어터슨 씨?" 사무장이 물었다.

"그냥 저녁 식사 초대장일세. 왜? 보고 싶은가?"

"잠깐이면 됩니다. 감사합니다." 사무장은 편지 두 장을 나란히 내려 놓고 꼼꼼하게 내용을 비교했다. 마침내 두 장을 모두 돌려주며 말했다. "고맙습니다. 아주 흥미로운 필체군요."

잠시 대화가 멈췄다. 불안감을 느낀 어터슨이 갑자기 물었다. "게스트, 왜 두 편지를 비교한 건가?"

"글쎄요, 제가 보기엔 필체가 묘하게 비슷합니다. 두 필체는 여러 가지 점에서 동일합니다. 비스듬한 정도가 다를 뿐이죠."

"그거 참 이상하군." 어터슨이 말했다.

"그러게요. 저도 이상하다고 생각합니다." 게스트가 대답했다.

"자네도 알겠지만 이 편지 얘기는 꺼내지 않는 편이 좋겠어." 변호사가
말했다.

"그렇게 하겠습니다. 변호사님. 이해했습니다." 사무장이 대답했다.

그날 밤 어터슨은 혼자가 되자마자 편지를 금고 안에 넣은 뒤 금고를
잠갔다. 편지는 영원히 그곳에서 나오지 못할 것이다. '도대체 이게 무슨
일인가! 헨리 지킬이 살인자를 위해 편지까지 위조하다니!' 그런 생각이
들자 온몸의 피가 싸늘하게 식는 기분이었다.

래니언 박사의 놀라운 사건

"I have had a shock," he said,
"and I shall never recover. It is a question of weeks.
Well, life has been pleasant; I liked it; yes, sir,
I used to like it. I sometimes think if we knew all,
we should be more glad to get away."

시간이 흘렀다. 하이드에게는 수천 파운드의 현상금이 걸렸다. 댄버스 경의 죽음이 공분(公憤)을 일으켰기 때문이었다. 하지만 하이드는 애초부터 이 세상에 없었던 사람처럼 경찰의 수사망에서 사라져 버렸다. 속속 드러난 그의 과거 행적은 모두가 추악한 내용뿐이었다. 무정하고 폭력적인 잔인함, 야비한 생활, 이상한 동료들, 그의 경력을 둘러싼 증오심. 하지만 그의 행방에 대해서는 소문조차 들려오지 않았다. 살인을 저지른 그날 아침 소호의 집을 떠난 이후부터 그는 완전히 자취를 감춰 버렸다. 그리고 시간이 점점 지나면서 어터슨은 불안했던 마음이 조금씩 누그러졌고 안정을 찾아가기 시작했다. 그는 댄버스 경의 죽음이 하이드의 실종으로 충분히 보상받았다고 생각하게 되었다. 악마와 같던 기운이 사라지고 나자 지킬 박사도 새로운 생활을 시작했다. 그는 은둔 생활에서 벗어나 다시 친구들과의 교제를 시작했고 그들의 허물없는 손님이자 접대자가 되어 주었다. 늘 자선 활동을 하는 걸로 유명했던 그는 이제 종교인으로서도 두각을 나타내기 시작했다. 그는 세상에 자주 모습을 드러내면서 바쁘게 돌아다녔고 좋은 일도 많이 했다. 내심 신의 섬김을 의식하는 듯 얼굴이 피고 밝아졌다. 지킬은 두 달 넘게 평화로이 지냈다.

1월 8일, 어터슨은 지킬 박사의 집에서 친구 몇 명과 함께 저녁 식사를 했다. 래니언도 그 자리에 있었는데 지킬은 세 사람이 둘도 없는 친구로 지내던 옛 시절처럼 래니언과 어터슨을 번갈아 쳐다보았다. 그런데 1월 12일과 14일에 어터슨이 지킬 박사를 찾아갔을 때, 그는 문을 열어 주지 않았다. 풀은 말했다. "박사님은 집에 계십니다만 아무도 만나지 않으십니다." 그는 15일에 다시 지킬 박사를 찾아갔지만 또다시 문전박대를 당했다. 지난 두 달 동안 거의 매일 친구를 만났던 터라 어터슨은 지킬의 이러한 은거에 마음이 무거워졌다. 닷새째 되던 밤에 그는 게스트를 불러 함께 저녁 식사를 했고 엿새째 밤에는 래니언 박사의 집을 찾아갔다.

적어도 래니언은 그를 퇴짜 놓지 않았지만 그의 집으로 들어간 어터슨은 래니언 박사의 달라진 외모에 충격을 받았다. 그는 사형 선고라도 받은 사람처럼 보였다. 혈색 좋던 얼굴은 백지장처럼 창백해졌고 살도 많이 빠져 있었다. 눈에 띄게 머리숱이 줄고 노쇠해진 모습이었다. 하지만 변호사의 눈길을 끈 것은 갑작스러운 그의 신체적 노화가 아니라 마음속 깊이 자리 잡은 공포를 여실히 드러내는 그의 눈빛과 태도였다. 래니언 박사가 죽음을 두려워할 사람은 아니었지만 어터슨은 차라리 그랬으면 좋겠다고 생각했다. '그래, 그는 의사잖아. 자신의 상태를 알고 있는 게 분명해. 이제 살날이 얼마 남지 않았다는 생각에 견디기 힘든 거야.' 하지만 어터슨이 그의 나쁜 안색을 지적하자 자신이 이제 죽을 때가 되었다고 털어놓는 래니언의 목소리는 흔들림이 없었다.

"최근에 큰 충격을 받았는데 회복하기가 힘들 듯싶네. 몇 주 정도 남았겠지. 참, 즐겁게 살았는데 말이야. 아주 즐거웠다네. 그래, 변호사 양반, 나는 내 삶을 좋아했어. 가끔 난 모든 걸 알게 된다면 더 기쁜 마음으로 세상을 하직할 수 있으리라 생각했다네." 그가 말했다.

"지킬도 아프다네. 최근에 그를 만났나?" 어터슨이 물었다.

지킬의 안부를 묻자 래니언의 표정이 달라졌다. 그는 떨리는 손을 들어 올리며 말했다. "난 지킬을 보고 싶지도 그의 소식을 듣고 싶지도 않네. 그 인간과는 완전히 끝났어. 그러니 제발 내 앞에서 그 친구 얘기를 꺼내지 말게나. 이미 나한테는 죽은 사람이나 마찬가지니까." 그는 크고 떨리는 목소리로 말했다.

"이런, 이런." 어터슨은 한참 동안 침묵을 지키다가 겨우 입을 열었다. "내가 뭐라도 할 일이 없겠나? 우린 아주 오래전부터 친구였지 않은가, 래니언. 이제 와서 다른 친구를 사귈 수 있겠나?"

"할 수 있는 일은 아무것도 없다네. 그자에게 물어보게나." 래니언이 대답했다.

"그는 나를 만나려 하지 않네." 변호사가 말했다.

"별로 놀라운 일도 아니네. 어터슨, 나중에 내가 죽고 나면 자네도 뭐가 옳고 그른지 알게 될 걸세. 하지만 지금은 자네에게 아무 말도 할 수 없어. 그 친구에 대한 것만 아니라면 여기에서 얘기해도 되네. 제발 부탁

이야. 하지만 그 저주받은 얘기를 계속할 생각이면 제발 떠나 주게나. 도저히 참을 수가 없다네."

어터슨은 집에 돌아가자마자 지킬에게 편지를 썼다. 자꾸 자신을 문전박대하는 데 대해 불평을 늘어놓고 래니언과 언짢게 절교한 이유를 물었다. 다음 날 지킬은 장문의 답장을 보내왔는데 아주 감상적인 표현을 늘어놓다가 간간이 이해하기 힘든 내용을 적은 편지였다. 래니언과의 불화는 돌이킬 수 없는 문제인 듯했다. '우리의 오랜 친구를 비난하지 않겠네. 하지만 우리가 더 이상 만나서 안 된다는 그의 생각에는 동의한다네. 이제부터 나는 철저히 은둔 생활을 할 생각이야. 너무 놀랄 필요 없어. 그리고 내가 자주 자네에게 문을 걸어 잠근다 해도 내 우정을 의심하지 말게. 그냥 내가 암울한 길을 가도록 놔둬. 나는 뭐라 말할 수 없는 형벌과 위험을 자초했다네. 나는 너무 큰 죄를 진 사람이지만 가장 많이 고통받아야 할 사람이기도 하네. 이 세상에 그토록 끔찍한 고통과 두려움이 존재하리라고는 생각조차 못했어. 어터슨, 이 운명의 짐을 덜어 주기 위해 자네가 할 수 있는 일은 딱 한 가지네. 내 침묵을 존중해 주는 거야.' 어터슨은 어이가 없었다. 하이드의 어두운 기운은 오래전에 사라졌다. 그 덕에 지킬 박사는 예전의 생활과 친근했던 관계들을 되찾을 수 있었다. 일주일 전만 해도 즐겁고 명예로운 삶에 대한 기대감으로 전망이 한껏 밝았는데 한순간에 우정도 마음의 평화도 그의 인생행로도 모두 파괴되고 말았다. 너무나 갑작스럽고 크나큰 변화였기 때문에 그가 미친 게 아닐까 생각했지만 래니언의 태도나 얘기를 생각해 보면 분명 더 심각한 이유가 있는 게 분명했다.

일주일 후 래니언이 몸져누웠고 그로부터 2주가 지나지 않아 그는 세상을 떠났다. 장례식을 치른 날 밤, 어터슨은 슬픈 마음에 사무실 문까지 잠그고 우울하게 촛불만 켜둔 채 앉아 있었다. 그는 편지 한 통을 꺼내 자신의 앞에 내려놓았다. 고인(故人)이 된 친구가 직접 주소를 쓰고 봉인한 편지였다. '친전(親展)[6] : G. J. 어터슨 혼자 읽을 것, 어터슨이 먼저 사망할 경우 읽지 말고 파기할 것.' 그 말이 봉투 위에 단호한 필체로 적혀 있었기 때문에 편지를 열어 보기가 두려웠다. '오늘 친구 한 명을 땅에 묻었어. 그런데 이 편지 때문에 다른 친구마저 잃게 되면 어쩌지?' 그는 이렇게 생각했다. 하지만 그러한 두려움 자체가 친구에 대한 배신이라는 생각에 봉투를 뜯었다. 그 안에는 또 다른 봉투가 들어 있었다. 이번에도 봉인이 되어 있었는데 '지킬 박사의 사망 또는 실종 전까지는 개봉하지 말 것'이라고 적혀 있었다. 어터슨은 자신의 눈을 믿을 수 없었다. 그렇다. 이번에도 또 실종이었다. 오래전에 주인에게 돌려준 그 미친 유언장에서처럼 이 편지에도 다시 실종이라는 말과 헨리 지킬의 이름이 등장했다. 하지만 유언장에서의 실종은 하이드에 대한 불길한 암시와 함께 등장했고 그 목적이 너무나도 분명하고 끔찍해 보였다. 그렇다면 래니언이 직접 언급한 실종은 무엇을 의미할까? 호기심에 못 이겨 곧바로 이 수수께끼를 파헤쳐 보고 싶은 마음이 들었지만 죽은 친구에 대한 직업적인 명예와 신념 또한 어길 수가 없었다. 결국 그는 개인 금고 깊숙이 편지를 보관해 두었다.

호기심을 억누르는 것과 극복하는 것은 별개의 문제이다. 그날 이후 어터슨이 과거처럼 살아남은 친구와 어울리길 열렬히 원했는지는 의심스럽다. 물론 어터슨은 지킬을 좋게 생각했지만 그런 생각조차도 불안하고 두려운 건 사실이었다. 그는 실제로 지킬의 집을 찾아갔지만 문 앞에

---

6) PRIVATE. 편지를 받을 사람이 직접 펴 보라고 편지봉투에 적는 문구이다.

서 쫓겨날 때 도리어 다행이라고 여겼다. 그는 탁 트인 도시의 소음과 공기에 둘러싸인 채 집 앞에서 풀과 대화하는 일을 내심 편하다고 생각했다. 속박을 자청한 그 집에 들어가 이해하기 어려운 은둔자와 마주 앉아 이야기를 하는 게 두려웠던 탓이었다. 사실 풀에게서는 좋은 소식을 듣지 못했다. 지킬은 그 어느 때보다도 실험실 위층 서재에 틀어박혀 지내는 듯했다. 심지어 그곳에서 잠을 자기도 했다. 늘 기세가 꺾여 있고 말수도 부쩍 줄어든 데다 책도 읽지 않았다. 무언가가 그의 머릿속을 차지하고 있는 게 분명했다. 어터슨은 매번 똑같은 얘기를 듣는 데에 익숙해졌고 결국 지킬의 집을 방문하는 횟수가 점차 줄어들었다.

창가 사건

But the words were hardly uttered,
before the smile was struck out of his face
and succeeded by an expression of
such abject terror and despair,
as froze the very blood of the two gentlemen below.

어느 일요일, 어터슨은 평소처럼 엔필드와 산책 중이었다. 어쩌다 보니 그들은 다시 그 뒷골목에 들어섰고, 그 문 앞에 도달했을 때 두 사람은 함께 걸음을 멈추고 문을 바라보았다.

엔필드가 먼저 입을 열었다. "적어도 그 이야기는 끝이 난 모양입니다. 더 이상 하이드라는 자를 볼 수 없겠지요."

"그러기를 바라네. 내가 그자를 한 번 봤는데 자네처럼 혐오감을 느꼈다는 얘기를 했던가?" 어터슨이 물었다.

"그자를 보고 혐오감을 느끼지 않는 건 불가능하지요. 그건 그렇고 이 문이 지킬 박사의 집 뒷문이라는 사실을 몰랐다니, 저를 얼마나 바보로 생각하셨습니까? 사실 제가 뒤늦게 알게 된 건 변호사님 탓도 있습니다." 엔필드가 대답했다.

"그래서 이제는 알았다는 거지? 그럼, 우리 안마당으로 들어가 저 창문들을 살펴보는 게 어떨까? 솔직히 말하면 불쌍한 지킬 때문에 마음이 편치 않다네. 밖에 있다 해도 친구의 존재가 지킬에게 도움이 될 듯싶어서 말이야."

안마당은 무척 춥고 조금 축축했다. 머리 위 하늘은 여전히 저녁노을 때문에 환했지만 마당은 때 이른 땅거미가 드리워진 상태였다. 세 개의 창문 중에 가운데 창문이 반쯤 열려 있었다. 그 바로 옆에서 지킬이 절망에 빠진 죄수처럼 한없이 슬픈 표정을 지은 채 바람을 쐬고 있는 모습이 보였다.

"어이, 지킬! 자네 좀 괜찮아졌나?" 그가 소리쳤다.

"아직 우울하다네, 어터슨. 아주 우울해. 하지만 오래 가지 않을 걸세. 하여튼 고맙네." 박사가 음울하게 대답했다.

"자네, 너무 집에만 있는 것 같아. 밖으로 나와서 엔필드와 나처럼 혈액 순환을 해야지. (지킬, 이 친구는 내 사촌 엔필드라네.) 이리 나오게. 모자를 쓰고서 우리와 함께 잠시 걷자고." 변호사가 말했다.

"자넨 참 좋은 친구야. 나도 정말 그러고 싶네만, 안 돼. 안 되겠어. 불가능한 일이야. 난 못하겠네. 그래도 어터슨 자네를 봐서 무척 기쁘군. 정말 즐거웠어. 엔필드와 자네를 2층으로 초대하고 싶지만 그럴 상태가 아니라네." 박사가 한숨을 쉬며 말했다.

"정 그렇다면 우리가 아래에 이대로 있고 여기서 자네와 얘기를 나누는 게 가장 좋겠구먼." 변호사가 부드럽게 대답했다.

"나도 막 그렇게 하자고 할 참이었네." 박사는 미소를 지으며 말했다. 하지만 몇 마디 말을 내뱉기도 전에 그의 얼굴에서 웃음기가 사라지더니 처참한 공포와 절망의 표정이 나타났다. 아래에서 그 모습을 본 두 사람은 피가 얼어붙는 듯했다. 그 순간 창문이 닫혀 버린 탓에 두 사람은 아주 잠깐 그의 얼굴을 봤지만 그것만으로도 충분했다. 그들은 아무 말 없이 돌아서서 자리를 떴다. 뒷골목을 가로지를 때도 두 사람은 입을 열지 못했다. 어터슨이 마침내 몸을 돌려 동행을 쳐다본 때는 인근 거리에 들어서고 난 다음이었다. 일요일인데도 거리는 분주한 기색이 여전했다. 두 사람 모두 안색이 창백했고 두 눈에는 두려움이 가득했다.

"부디 신이 우리를 용서하시길, 신이 우리를 용서하시길." 어터슨이 중얼거렸다.

하지만 엔필드는 아주 심각한 표정으로 고개를 끄덕이기만 했다. 그러더니 그는 다시 말없이 발걸음을 옮겼다.

마지막 밤

Right in the midst there lay the body of a man
sorely contorted and still twitching.
They drew near on tiptoe, turned it on its back
and beheld the face of Edward Hyde.

어느 날 밤, 저녁 식사를 마친 뒤 난롯가에 앉아 있던 어터슨은 갑작스러운 풀의 방문에 크게 놀랐다.

"이런, 풀 자네가 여기 웬일인가?" 그가 외치듯 말했다. 잠시 풀을 쳐다보던 어터슨은 다시 한번 물었다. "무슨 일이 있나? 지킬이 아픈가?"

"어터슨 씨, 아무래도 일이 크게 잘못된 것 같습니다." 풀이 대답했다.

"일단 여기 앉게나. 와인으로 목이라도 축이게. 무슨 일이 있는지 천천히 이야기해 보게." 변호사가 말했다.

"변호사님도 주인님께서 어찌 생활하고 계신지 아시지요? 지금 서재에서 한 발자국도 나오지 않고 계십니다. 사실 저는 주인님이 그러시는 게 정말 싫습니다. 그 모습이 좋다면 죽어야겠지요. 정말 두렵습니다, 변호사님."

"이런, 이런. 좀 더 명확하게 말해 보게나. 도대체 무엇이 무섭단 건가?" 변호사가 재촉하듯 물었다.

"지난 일주일 내내 정말 섬뜩했습니다. 그런데 더 이상 버틸 수가 없습니다." 풀은 어터슨의 물음에도 아랑곳하지 않고 말했다.

풀의 표정만으로도 그가 무슨 얘기를 하려는지 너끈히 알 수 있었다. 예의 바르던 그의 태도는 사라지고 없었다. 처음에 너무 무섭다며 털어 놓던 그 순간을 제외하고는 변호사의 얼굴을 쳐다보지 않았다. 지금도 그는 무릎 위에 입도 대지 않은 와인 잔을 올려놓은 채 거실 구석만 노려 보고 있었다. "더 이상 참을 수가 없습니다." 그는 이 말만 되풀이했다.

"이보게나. 나도 자네가 이러는 이유가 있을 거라고 생각하네. 뭔가 심 각하게 잘못된 거야. 그러니 무슨 일인지 내게 이야기해 보게나." 변호사 가 그를 달래며 말했다.

"아무래도 살인이 일어난 것 같습니다." 풀이 쉰 목소리로 대답했다.

"살인이라고! 대체 어떤 살인 사건이지? 도대체 무슨 말을 하는 건가?" 변호사는 소리쳤다. 그는 너무 놀란 나머지 속이 타들어 가는 듯한 심정이었다.

"도무지 입이 떨어지지 않습니다. 변호사님, 저랑 직접 보러 가시겠습니까?" 풀이 대답했다.

어터슨은 아무 말 없이 일어나 곧바로 모자와 외투를 챙겼다. 놀랍게 도 집사는 자신이 함께 가자 크게 안도하는 모습을 보였다. 그가 잔을 내 려놓고 따라나설 때 보니 와인에는 입도 대지 않았다.

3월답게 춥고 황량한 밤이었다. 바람의 공격을 받은 듯 어스레한 달빛은 기울어졌고, 아주 얇고 성긴 직물 같은 구름 조각 하나가 바람에 휘날리고 있었다. 바람 때문에 말하기도 어려운 지경이었고 얼굴은 핏기로 얼룩졌다. 세찬 바람이 거리의 사람들까지 모두 쓸어버린 것 같았다. 어터슨이 생각하기에 런던의 이 지역이 지금처럼 황량해 보인 적은 없었다. 차라리 사람이라도 많았다면 좋았을걸. 이제껏 살아오면서 다른 사람들을 보거나 접촉하고 싶다는 생각이 지금처럼 절절했던 적은 없었다. 아무리 애를 써도 끔찍한 불행이 닥칠 것 같은 생각을 떨칠 수 없었기 때문이었다. 그들이 도착한 광장도 바람과 먼지뿐이었다. 정원의 가녀린 나무들이 바람에 못 이겨 난간에 몸을 부딪쳐 댔다. 줄곧 한두 걸음 앞서 가던 풀이 도로 한가운데에 멈춰 서더니 매서운 날씨에도 아랑곳없이 모자를 벗고 붉은색 손수건으로 이마를 닦았다. 서둘러 걸어오긴 했지만 그가 닦아 낸 것은 고된 육체에서 흘러나오는 땀이 아니라 목을 죄듯 다가오는 고통의 식은땀이었다. 그의 얼굴은 백지장 같았고 목소리는 거칠고 갈라져 있었다.

　"변호사님, 이제 다 왔네요. 오, 신이시여 아무 일도 없기를……." 풀이 말했다.

　"아멘, 풀." 변호사도 동의했다.

　풀이 아주 조심스럽게 문을 두드리자 문은 쇠사슬이 걸린 채 열렸다. 안에서 "풀, 당신이에요?"라고 묻는 소리가 들렸다.

　"그래, 문 열어." 풀이 대답했다.

　두 사람이 들어선 홀은 환하게 불이 켜져 있었다. 벽난로 또한 활활 타오르고 있었다. 난로 주변엔 남녀 하인들이 양 떼처럼 몸을 움츠린 채 모여 있었다. 어터슨을 본 가정부가 발작하듯이 울음을 터뜨렸다. 요리사는 "오, 신이시여! 어터슨 변호사님이 오셨어."라고 외치며 그를 끌어안기라도 할 것처럼 달려들었다.

"이런, 뭔가? 다들 여기에 모여 있는 건가? 정말 이상한 일일세. 보기 좋은 모양새는 아니야. 자네들 주인이 보면 언짢아하겠구먼." 변호사가 꾸짖듯이 말했다.

"다들 두려워하고 있습니다." 풀이 말했다.

누구 하나 항변하지도 못하고 정적이 이어졌다. 결국 하녀 하나가 목소리를 높이더니 큰 소리로 울기 시작했다.

"입 닥쳐!" 풀이 사나운 말투로 소리쳤다. 그의 신경이 곤두섰음을 알 수 있었다. 그리고 실제로 그 하녀가 너무나도 갑자기 울음소리를 높이자 모두들 잔뜩 겁에 질린 얼굴로 안쪽 문을 쳐다보았다. 집사가 이번에는 주방에서 일하는 심부름꾼을 불렀다. "자, 이제 촛불을 가져와. 당장 이 일을 끝내도록 하지." 그는 어터슨 씨에게 자기 뒤를 따라오라고 하더니 안마당으로 앞장서서 나갔다.

"변호사님, 최대한 조용히 오셔야 합니다. 들키지 말고 잘 들으셔야 합니다. 그리고 혹시나 박사님께서 안으로 들어오라고 하셔도 그렇게 하시면 안 됩니다."

어터슨은 예상도 못한 풀의 마지막 당부에 신경이 날카로워지는 듯했다. 그 바람에 그는 균형을 잃고 넘어질 뻔했지만 다시 마음을 다잡고 집사를 따라 실험실 건물로 들어갔다. 상자와 병들이 널브러져 있는 해부실을 지나 계단 아래에 다다랐다. 풀은 그에게 한쪽에 서서 잘 들어 보라는 몸짓을 했다. 그는 촛불을 내려놓고 단단히 마음을 먹은 다음 계단을 올라가 붉은 천으로 덮인 서재 문을 주저하듯 두드렸다.

"어터슨 변호사님께서 주인님을 뵙고 싶다고 하십니다." 풀은 이렇게 말하면서 다시 변호사에게 귀를 기울이라고 손짓했다.

서재 안에서 대답하는 소리가 들렸다. "아무도 만날 수 없다고 전해." 그는 투덜거리듯 말했다.

"알겠습니다." 풀은 다소 의기양양한 목소리로 대답했다. 그러고는 촛불을 들고 어터슨을 안내하여 다시 안마당을 거쳐 부엌으로 데리고 왔다. 부엌의 난로는 꺼져 있었고 바닥에는 딱정벌레들이 뛰고 있었다.

풀은 어터슨의 눈을 보며 말했다. "변호사님, 저희 주인님 목소리 같던 가요?"

"글쎄, 목소리가 많이 변한 것 같더군." 변호사는 아주 창백해졌지만 풀의 눈빛을 피하지 않으며 대답했다.

"변했죠? 저도 그렇게 생각합니다. 이 집에 20년이나 있었던 제가 주인님 목소리를 헷갈리겠습니까? 아닙니다. 주인님은 돌아가셨습니다. 여드레 전 주인님께서 하나님을 큰 소리로 부르는 걸 들었는데 그때 살해되신 겁니다. 그럼 주인님 대신 저 안에 있는 사람은 누구일까요? 왜 저기에 있을까요? 귀신이 곡할 노릇 아닌가요, 어터슨 변호사님?"

"정말 기이한 얘기로군. 이보게, 이건 말도 안 되는 일이야. 그래, 자네가 생각하는 것처럼, 음, 지킬 박사가 살해됐다고 가정해 보세. 살인자는 도대체 뭣 때문에 여기 계속 남아 있을까? 이건 전혀 이치에 맞지 않아. 논리적으로 타당하지가 않다고." 변호사가 손톱을 깨물며 말했다.

"어터슨 변호사님께서는 제 말을 잘 믿지 않으시는군요. 그럼, 제가 납득시켜 드리겠습니다. 저 안에 있는 사람이 누구인지 모르지만 (변호사님께서 아시는) 저자는 지난주 내내 밤낮으로 약을 달라며 소리를 질러댔습니다. 이런저런 약을 가져다줬지만 마음에 들지 않는 모양이었어요. 주인님이 일을 시킬 때처럼 저자는 이따금 종이에 지시 사항을 적어 계단에 던져 놓았습니다. 이번 주 내내 저희는 쪽지만 받았습니다. 문은 항상 닫혀 있습니다. 저희가 음식을 문 앞에 두고 오면 아무도 보지 않을 때 몰래 갖고 들어갔습니다. 매일 두세 번씩 지시가 내려오고 다시 불평이 터집니다. 저는 시내의 도매 약국이란 약국은 죄다 다녀왔습니다. 약을 사올 때마다 진짜가 아니라는 이유로 약을 반환하고 다시 다른 회사의 제품을 구해 오라는 명령이 떨어집니다. 무엇 때문인지는 몰라도 아주 다급하게 약이 필요한 모양입니다."

"그 쪽지들은 갖고 있는가?" 어터슨이 물었다.

풀은 주머니를 더듬더니 구겨진 쪽지 하나를 건넸다. 어터슨은 촛불 가까이로 몸을 굽혀 그 쪽지를 주의 깊게 살펴보았다. 쪽지 내용은 다음과 같았다. '지킬 박사는 모우 제약에 경의를 표합니다. 귀사의 견본이 진품이 아니어서 현재 연구의 목적에 아무런 도움이 되지 않음을 알려 드립니다. 18――년에 지킬 박사는 모우 제약 회사로부터 다량의 약품을 구입했습니다. 따라서 있는 힘을 다해 당시의 약품을 찾아내 주시기를 바랍니다. 그리고 같은 품질의 약이 남아 있다면 당장 그에게 보내 주시기 바랍니다. 비용은 얼마라도 상관없습니다. 지킬 박사에게 이 일이 너무나도 중요하기 때문입니다.' 여기까지는 편지가 상당히 차분하게 적혀 있었는데 갑자기 필체가 흔들리기 시작했다. 편지를 쓴 자의 감정이 폭발한 모양이었다. 그는 이렇게 덧붙였다. '제발, 옛날 약을 찾아내.'

"기이한 쪽지로군. 근데 자네는 어떻게 이 편지를 열어 본 거지?" 어터슨이 갑자기 집사에게 물었다.

"잔뜩 화가 난 모우 제약 회사 직원이 더러운 오물 치우듯 제게 다시 던져 버렸거든요." 풀이 대답했다.

"이건 분명 지킬의 필체야, 그렇지 않은가?" 변호사가 다시 물었다.

"저도 비슷하다고 생각했습니다." 집사가 다소 부루퉁하게 대답하더니 갑자기 달라진 목소리로 말했다. "근데 필체가 뭐가 중요한가요? 제가 그자를 본걸요!"

"직접 봤다고? 그런가?" 어터슨 씨가 되물었다.

"사실입니다! 자초지종은 이렇습니다. 제가 정원에 있다가 불쑥 강의실로 들어간 적이 있었습니다. 그자는 약을 찾기 위해 몰래 서재에서 빠져나온 모양이었습니다. 서재 문이 열려 있었거든요. 그자는 강의실 구석에서 상자를 뒤지는 중이었습니다. 제가 들어가자 그는 고개를 들고 소리를 내지른 뒤에 서둘러 계단을 올라가 서재로 들어갔습니다. 그자를 본 건 1분에 불과했지만 머리카락이 고슴도치처럼 곤두서 버렸습니다. 변호사님, 그자가 제 주인님이라면 왜 가면을 썼겠습니까? 왜 쥐처럼 비명을 지르며 달아났겠습니까? 저는 주인님을 오래도록 모셔 왔습니다. 그런데 왜……." 집사는 잠시 말을 멈추고 손으로 얼굴을 쓸어내렸다.

"상황이 이상하기 짝이 없지만 뭔가 이해되기 시작했네. 풀, 자네 주인은 병에 걸린 게 분명하네. 그 병 때문에 고통스러워하고 외모도 흉측하게 변한 거야. 거기다가 목소리까지 바뀌어 버렸어. 그러니 가면을 쓰고 친구들을 피한 걸세. 열심히 약을 구하는 것도 그렇고. 그 불쌍한 친구는 끝까지 회복하겠다는 희망을 갖고 있다네. 오, 신이시여. 그의 희망을 짓밟지 마소서! 자, 내 설명은 이렇다네. 풀, 정말 안타깝고 생각만 해도 끔찍하지만 충분히 이해가 가고 앞뒤가 맞지 않은가? 이제 그 정도로 놀랄 일은 없을 듯하네."

집사의 안색이 창백해졌다. "변호사님, 그자는 절대로 제 주인님이 아닙니다. 정말입니다." 그는 주변을 둘러보더니 속삭이기 시작했다. "제 주인님은 키가 크고 체격이 좋으십니다. 하지만 이자는 난쟁이에 가깝습니다." 어터슨이 그의 말을 막으려 하자 풀이 울부짖듯 소리쳤다. "오, 변호사님. 제가 평생 아침마다 주인님을 봤는데 주인님 머리가 서재 문의 어디쯤에 닿는지도 모르겠습니까? 가면을 쓴 자는 절대 지킬 박사님이 아닙니다. 하나님은 아시겠지요. 하지만 주인님이 아닌 것은 확실합니다. 그래서 전 살인이 있었다고 믿습니다."

"풀, 자네가 그렇게 얘기한다면 진상을 확실히 밝히는 일이 내 임무일 듯하네. 자네 주인의 기분을 상하게 할 마음은 없지만 그 친구가 아직 살아 있다고 증명해 주는 듯한 이 쪽지에 사실 어리둥절하다네. 아무래도 내가 저 문을 부수고라도 들어가야 할 것 같군." 어터슨이 대답했다.

"아, 변호사님. 바로 그겁니다!" 집사가 소리쳤다.

"자, 두 번째 질문을 던지겠네. 누가 이 일을 할 거지?" 어터슨이 다시 물었다.

"물론, 저와 변호사님이지요." 풀은 두려워하는 기색을 전혀 내비치지 않고 대답했다.

"그래, 잘 얘기했네. 앞으로 무슨 일이 생기든 자네가 피해를 입는 일은 절대로 없을 걸세. 내가 책임지지."

"강의실에 도끼가 있습니다. 변호사님은 부엌에 있는 부지깽이라도 잡으시지요." 풀이 말했다.

변호사는 조잡하지만 묵직한 도구를 들고 무게를 가늠해 보았다. 그는 고개를 들면서 말했다. "자네와 내가 위험한 곳으로 들어간다는 사실을 알고 있나, 풀?"

"물론입니다, 변호사님." 집사가 대답했다.

"그럼, 서로 솔직한 게 좋아. 우리 둘 다 머릿속 생각을 다 얘기한 건 아닌 듯하네. 솔직히 털어놓자고. 자네가 본 그 가면 쓴 인물 말이야. 혹시 전에 본 적이 있지 않은가?" 변호사가 물었다.

"그자가 너무 잽싸게 사라졌고 몸을 웅크리고 있어서 제대로 봤다고는 할 수 없습니다. 하지만 그자가 하이드 씨였는지를 물으신 거라면 저는 그렇다고 생각합니다. 몸집도 아주 비슷하고 하이드 씨처럼 날쌘 데다가 몸놀림도 가볍더군요. 게다가 그가 아니면 누가 실험실 문으로 들어갈 수 있었겠습니까? 살인 사건이 났을 때도 그자가 열쇠를 갖고 있었다는 사실을 기억하시죠? 하지만 그게 다가 아닙니다. 변호사님께서도 하이드 씨를 만난 적이 있으신가요?"

"그렇다네. 얘기도 한 번 했지." 변호사가 대답했다.

"그럼 변호사님도 그 신사분이 뭔가 이상하다는 사실을 잘 아시겠군요. 어떻게 말해야 제대로 전달될지 모르겠는데 뼛속까지 차가워지며 오싹해지는 느낌이랄까요."

"나도 자네가 얘기한 것처럼 느꼈다네." 어터슨이 말했다.

"정말 그렇습니다, 변호사님. 그 가면 쓴 자가 원숭이처럼 약을 뒤지며 뛰어다니다가 서재로 들어갔을 때, 등골이 서늘해지는 느낌이었으니까요. 저도 그게 증거가 될 수 없다는 건 압니다, 변호사님. 저도 그 정도는 배웠습니다. 하지만 사람이 느낌이라는 게 있지 않습니까. 성서에 맹세하건대 하이드 씨가 분명했습니다!" 풀이 대답했다.

"그래, 그래. 나도 바로 그 점이 두렵다네. 악마가 두 사람 사이에 나타난 게 분명해. 이제 정말 자네 말을 믿네. 불쌍한 헨리는 살해당한 거야. 그리고 그 살인자가 아직 희생자의 방에 숨어 있어. (그 이유는 신만이 아시겠지.) 자, 이제 우리가 복수에 나설 차례야. 브래드쇼를 불러오게나." 변호사가 말했다.

그의 부름에 하인 하나가 달려왔다. 아주 창백하고 초조한 얼굴이었다.

"브래드쇼, 이제부터 정신 바짝 차려야 하네. 이 일 때문에 무척 긴장한 모양이군. 하지만 우리는 이제 이 모든 사태를 해결하려 하네. 풀과 내가 여기서 서재로 밀고 들어갈 거야. 자네 주인이 무사하다면 모든 책임은 내가 지겠네. 하지만 실수가 있거나 범인이 뒷구멍으로 도망치면 안 되니까 자네와 한 아이가 모퉁이를 돌면 나오는 실험실 문 앞에서 몽둥이를 들고 지켜 주게나. 준비하는 데 10분이면 충분하겠지?"

브래드쇼가 떠나자 변호사는 시계를 들여다보며 말했다. "자, 풀. 우리도 준비를 하세나." 어터슨은 부지깽이를 겨드랑이에 끼고 안마당으로 앞서 나갔다. 비구름이 달을 덮는 바람에 주위가 상당히 어두웠다. 이따금 불어오는 바람이 건물 깊숙이까지 들어와 두 사람이 걸을 때마다 촛불이 앞뒤로 흔들렸다. 두 사람은 강의실에 들어간 뒤 조용히 앉아서 기다렸다. 런던의 윙윙거리는 소음이 사방을 엄숙하게 짓눌렀지만 정적에 묻힌 두 사람의 주변에는 서재를 오가는 발소리만이 들려왔다.

"낮에 저자는 이렇게 걷습니다. 변호사님. 아니, 밤에도 저렇습니다. 제약 회사에서 새로운 약이 도착할 때만 걸음을 멈춥니다. 사악한 양심을 가진 저런 자가 어찌 편히 쉴 수 있겠습니까! 저놈의 발자국마다 더러운 핏자국이 묻어 있을 겁니다! 다시 들어 보세요. 좀 더 가까이에서 잘 들어 보십시오, 변호사님. 박사님의 발소리 같습니까?" 풀이 속삭였다.

약간 흔들거리며 걷는 듯한 발소리가 너무 느려서인지 가볍고도 기괴하게 느껴졌다. 정말 헨리 지킬의 쿵쿵거리고 무거운 발소리와는 사뭇 달랐다. 어터슨은 한숨을 내쉬며 물었다. "그 외에 다른 일은 없었는가?"

풀이 고개를 끄덕이며 대답했다. "딱 한 번 저놈이 우는 소리를 들었습니다!"

"울어? 어떻게?" 변호사는 되물었다. 온몸에 소름이 끼치는 것 같았다.

"여자처럼 아니 지옥에 떨어진 영혼처럼 울었습니다. 듣다 보니 저까지 눈물이 날 것 같아서 그 자리를 떠났습니다." 집사가 대답했다.

하지만 이제 그 10분이 끝났다. 풀이 포장용 짚 더미 밑에서 도끼를 꺼냈다. 공격할 때 어둡지 않게 하기 위해 가장 가까운 탁자 위에 촛불을 올려놓았다. 두 사람은 숨을 죽이고 서재 쪽으로 다가갔다. 적막한 한밤중인데도 안에서는 여전히 이리저리 오가는 발소리가 들렸다.

"지킬, 나 좀 보세." 어터슨이 큰 목소리로 외쳤다. 잠시 기다렸지만 대답이 없었다. "자네에게 정중히 경고하는 것이네. 이런저런 의심이 생겨버렸고 난 반드시 자네 얼굴을 봐야겠어. 정당한 방법으로 안 된다면 비열한 방법이라도 쓸 생각이네. 자네가 허락하지 않으면 강제로라도 들어갈 걸세!" 그가 다시 말했다.

"어터슨, 제발, 나 좀 봐주게!" 서재에서 목소리가 들려왔다.

"아, 이건 지킬의 목소리가 아니야. 하이드라고! 풀, 어서 문을 부수게." 어터슨이 외쳤다.

풀이 어깨 위로 도끼를 휘두르자 건물 전체가 흔들렸다. 붉은색 천이 덮인 문은 자물쇠와 경첩 때문에 들썩거리기만 했다. 서재 안에서 듣기조차 힘든 비명 소리가 들려왔다. 두려움에 휩싸인 동물이 내는 소리 같았다. 풀이 다시 도끼로 내려찍자 문의 널빤지가 깨지면서 문틀이 튀어올랐다. 네 번을 더 내려쳤지만 나무가 단단하고 문을 조립한 솜씨가 워낙 훌륭해서, 자물쇠가 떨어져 나가고 서재 안쪽으로 문이 넘어간 건 다섯 번째로 도끼를 휘둘렀을 때였다.

공격자들은 자신들이 저지른 소란과 뒤이은 정적에 놀라 조금 뒤로 물러선 후에야 서재 안을 들여다보았다. 그 안에는 등불이 조용하게 빛나고 있었으며 난로에선 장작이 탁탁 소리를 내며 활활 타오르고 있었다.

주전자에서 가늘게 물 끓는 소리가 들렸고 서랍이 한두 개 열려 있었지만 서류는 책상 위에 가지런히 놓여 있었다. 난로 가까이에는 차 마실 준비까지 되어 있었다. 누가 봐도 세상에서 가장 조용한 방처럼 보였다. 약품으로 가득한 유리 찬장만 없다면 그날 밤 런던에서 가장 평범한 서재처럼 보였을 것이다.

그 방 한가운데에 한 사내가 온몸이 뒤틀린 채로 누워 경련에 시달리고 있었다. 두 사람이 발끝으로 다가가서 그 사내를 반듯이 눕혀 보니 그는 에드워드 하이드였다. 자신에게 너무 큰 옷을 입고 있었는데 지킬 정도의 몸집에 맞을 법한 옷이었다. 얼굴 주름은 여전히 살아 있는 듯이 움직였지만 목숨은 완전히 끊어진 상태였다. 깨진 약병을 손에 쥐고 있는 모습과 주위를 강하게 맴도는 견과류 냄새[7]로 보아 그자는 자살을 시도한 모양이었다.

"이자를 구하든 처벌하든 너무 늦어 버렸네. 하이드는 이미 저세상 사람이네. 이제 우리에게 남은 일은 자네 주인의 시체를 찾는 것일세." 어터슨이 준엄하게 말했다.

그 건물에서 가장 큰 면적을 차지하고 있는 공간은 강의실과 서재였다. 강의실은 1층의 거의 전체를 차지하고 있었고 위에서 빛이 들어왔다. 서재는 위층의 한쪽 끝에 있어서 마당이 내려다보였다. 복도가 강의실과 뒷골목으로 나가는 문을 이어 주었는데, 이 문은 별도의 2층 계단을 통해 서재와 연결되어 있었다. 그 외에는 어두운 색의 옷장과 널찍한 지하실이 있었다. 두 사람은 이 모든 곳들을 샅샅이 뒤졌다. 옷장은 모두 비어 있었기 때문에 대충 훑어보기만 해도 됐다. 문에서 떨어지는 먼

---

7) 독성이 강한 청산가리(사이안화칼륨)에서는 아몬드 냄새가 난다 _ 옮긴이 주.

지로 보아 오랫동안 문을 열지 않은 게 분명했다. 사실 지하실은 잡동사니로 가득 차 있었는데 이 집의 전 주인인 외과 의사가 쓰던 물건들이 대부분이었다. 그래도 두 사람은 문은 열어 보았다. 하지만 몇 해 동안 출입구를 가득 메운 거미줄로 보아 더 이상 뒤져도 소용없겠다는 생각밖에 들지 않았다. 생사를 불문하고 집 안 어느 곳에서도 헨리 지킬의 흔적은 보이지 않았다.

풀이 복도 판석 위에서 발을 굴렀다. "주인님은 여기 묻힌 것 같습니다." 풀은 자신의 발소리에 귀를 기울이며 말했다.

"아니면 달아났을 수도 있지." 어터슨은 몸을 돌려 뒷골목으로 이어지는 문을 살펴보며 말했다. 문은 잠겨 있었고 열쇠도 잔뜩 녹이 슨 채로 근처 판석 위에 버려져 있었다.

"이 문은 사용하지 않는 것 같군." 어터슨이 자세히 살펴보며 말했다.

"사용이라니요! 변호사님, 문이 부서진 게 안 보이십니까? 누군가 발로 짓밟은 것 같은데요." 풀이 소리쳤다.

두 사람은 두려움에 휩싸여 서로를 쳐다보았다. "아, 부서진 부분도 녹이 많이 슬었군. 풀, 이건 내 능력으로는 안 되겠어. 일단 서재로 돌아가자고." 어터슨이 말했다.

그들은 말 한 마디 없이 계단을 오른 뒤 다시 서재를 샅샅이 뒤졌다. 가끔 시체를 흘끗 보고는 두려움에 떨었다. 한쪽 탁자 위에서 화학 실험을 한 흔적이 보였다. 흰 소금을 여러 중량으로 재어 유리 접시 위에 올려놓은 게 보였는데 그 불쌍한 자가 실험을 하다가 끝내 마치지 못한 것 같았다.

"제가 항상 그자에게 가져다주던 약입니다." 풀이 말했다. 그가 말하고 있을 때도 주전자는 놀라운 소리를 내며 끓어 넘쳤다.

두 사람은 이 소리를 듣고 난롯가로 다가갔다. 편히 앉을 수 있게 안락의자가 당겨져 있었고, 찻잔 세트가 앉는 사람의 팔꿈치 부근에 준비되어 있었다. 잔에 설탕까지 담긴 상태였다. 선반에 책이 몇 권 꽂혀 있었는데 그중 한 권이 찻잔 세트 옆에 펼쳐져 있었다. 어터슨은 그 책이 신학 서적이라는 데에 많이 놀랐다. 지킬이 여러 차례 높게 평가한 그 책에 놀라울 정도로 신성 모독적인 주석이 달려 있었기 때문이었다.

서재 전체를 둘러보던 두 사람은 전신 거울 앞에서 발길을 멈췄다. 그들은 본능적으로 공포를 느끼며 거울 속을 들여다보았다. 하지만 거울이 거꾸로 뒤집혀진 탓에 천장에 어른거리는 장밋빛 불빛과 찬장 유리창에 반사된 수백 개의 불꽃 그리고 구부정하게 거울을 들여다보고 있는 두 사람의 창백하고 두려움에 휩싸인 얼굴 외에는 그 무엇도 보이지 않았다.

"이 거울은 이상한 일들을 쭉 봐왔겠지요, 변호사님?" 풀이 속삭였다.

"제일 이상한 건 거울이야." 어터슨은 풀과 똑같은 어조로 대답했다. "근데 지킬은 뭣 때문에……." 어터슨은 자신이 말해 놓고도 깜짝 놀랐다. 그는 두려움을 억누르면서 입을 열었다. "지킬은 도대체 이 거울로 뭘 하려 했을까?"

"그러게 말입니다!" 풀이 답했다. 그다음으로는 업무용 책상을 살펴보았다. 책상 위에 가지런히 놓여 있는 서류들 맨 위에 큰 봉투가 놓여 있었다. 봉투에는 지킬의 필체로 어터슨의 이름이 적혀 있었다. 어터슨이 봉투를 열자 동봉된 서류 몇 가지가 바닥에 떨어졌다. 첫 번째 서류는 유언장이었다. 그가 6개월 전에 돌려준 유언장과 똑같이 기이한 조건이 적혀 있었다. 지킬이 사망할 경우에는 유언장이 되고 그가 실종될 경우에는 증여 증서에 해당되는 서류였는데, 이번에는 놀랍게도 에드워드 하이드의 이름 대신 가브리엘 존 어터슨의 이름이 적혀 있었다. 그는 풀을 보다가 다시 서류를 쳐다보았고 마지막으로 카펫 위에 뻗어 있는 그 악인을 바라보았다.

"머리가 돌 것 같군. 저자가 이것을 내내 가지고 있었다니. 나를 좋아할 이유가 없잖아. 자기 이름이 빠진 걸 보고 무척이나 화를 냈겠군. 그런데도 이 서류를 없애 버리지 않았다니." 어터슨이 말했다.

그는 다음 서류를 집어 들었다. 지킬이 쓴 간단한 쪽지로 날짜가 맨 위에 적혀 있었다. "오, 풀! 지킬은 오늘까지 여기에 살아 있었어. 그렇게 짧은 시간 동안에 그를 죽일 수는 없었을 테니 지킬은 아직도 살아 있는 게 분명해. 아마 달아났을 거야! 그런데 왜 도망쳤지? 그리고 어떻게 그랬을까? 만약 지킬이 살아 있다면 이 사건을 자살이라고 할 수 있을까? 오, 우리는 신중해야 하네. 자네 주인을 끔찍한 불행에 빠뜨릴 수도 있으니까." 변호사가 소리치며 말했다.

"편지를 읽어 보지 그러세요?" 풀이 물었다.

"두려워서라네. 그럴 만한 이유도 없건만!" 변호사가 엄숙하게 대답했다. 그러더니 서류를 눈앞으로 가져갔다. 편지는 다음과 같았다.

친애하는 어터슨에게. 이 편지가 자네 손에 들어갔을 때라면 나는 예측할 수 없는 어떤 상황 때문에 이미 사라졌을 것이네. 하지만 내 본능과 이루 말할 수 없는 이 모든 상황들로 미루어 보아 종말은 피할 수 없는 데다가 일찍 찾아올 듯하네. 일단 래니언의 편지부터 읽게나. 그 친구가 자네에게 건네겠다고 경고했으니 지금 자네가 갖고 있겠지. 그리고 더 많은 이야기를 듣고 싶다면 내 고백에 귀 기울여 주게나.

자네의 하찮고 불행한 친구,
헨리 지킬.

"세 번째 서류가 있던가?" 어터슨이 물었다.

"여기 있습니다, 변호사님." 풀은 여러 곳이 봉인된 두툼한 봉투를 건네며 대답했다.

변호사는 봉투를 받아 들었다. "이 서류에 대해서는 아무 말도 하지 않겠네. 자네 주인이 몸을 피했거나 죽었다면 적어도 명예는 지켜 줘야 하지 않겠나. 지금이 10시군. 나는 집에서 이 서류들을 차분히 읽어 봐야겠네. 하지만 자정 전에는 돌아올 테니 그때 경찰을 부르기로 하세."

두 사람은 강의실을 나와 문을 잠갔다. 어터슨은 홀의 난롯가에 모여 있는 하인들을 남겨 두고, 지금의 수수께끼를 풀어 줄 두 장의 편지를 읽기 위해 사무실로 무거운 발걸음을 옮겼다.

래니언 박사의 이야기

The creature
who crept into my house that night
was, on Jekyll's own confession, known
by the name of Hyde
and hunted for in every corner of the land
as the murderer of Carew.

　지금으로부터 나흘 전인 1월 9일 밤에 등기 우편 하나를 받았네. 동료이자 동창인 헨리 지킬의 필체로 그의 주소가 적혀 있었네. 편지를 받고 나는 무척이나 놀랐네. 지금껏 서로 편지를 주고받은 일이 없기도 했거니와 전날 밤에 만나 저녁 식사까지 함께 했기 때문이었네. 우리 사이에 등기 우편이라는 형식을 갖춘 이유가 뭔지 도무지 알 수 없었지. 그리고 그 내용이 내 의구심을 더욱 키웠다네. 편지 내용은 다음과 같았네.

18--년 12월 10일[8)]

　친애하는 래니언에게. 자네는 나의 죽마고우지. 비록 가끔씩 과학 문제에 관해 서로 의견이 다를 때가 있지만 적어도 내가 기억하는 한 우리의 우정이 깨진 적은 없었네. 자네가 내게 '지킬, 내 생명과 명예 그리고 이성이 자네에게 달려 있네.'라고 말한다면 나는 자네를 돕기 위해 내 재산이나 왼팔이라도 내놓을 거야. 래니언, 내 생명과 명예 그리고 이성이 모두 자네 손에 달려 있네. 오늘 밤 자네가 나를 도와주지 않으면 난 끝장이라네. 여기까지 읽고 자네는 내가 불명예스러운 일을 부탁할 것으로 짐작할 수도 있겠지만 판단은 자네에게 맡기겠어.

　오늘 밤 약속은 모두 연기해 주길 바라네. 혹여 황제가 아파서 자네를 부르더라도 말이지. 자네 마차가 문 앞에 대기하고 있지 않다면 마차를 빌려 타게나. 반드시 이 편지를 가지고 곧장 우리 집으로 와주게. 집사인 풀에게 지시해 두었어. 풀은 자물쇠 수리공과 함께 자네를 기다리고 있을 거야. 내 서재 문을 강제로 열고 난 뒤 자네는 혼자 그곳에 들어가야 하네. 그런 다음 서재 왼쪽에 〈E〉라고 표시된 유리 찬장을 열게. 만약 잠겨 있다면 자물쇠를 부수게나. 위에서 네 번째 (같은 이야기지만) 그러니까 아래에서 세 번째 서랍을 내용물이 든 채로 꺼내 주게. 내가 너무 지친 상태라 자네에게 잘못 가르쳐 주고 있을까 봐 걱정이네만 혹시 틀렸다고 해도 내용물을 보면 제대로 서랍을 열었는지 알 수 있을 거야. 약간의 분말, 작은 약병, 공책이 전부니까. 부탁인데 이 서랍을 캐번디시 광장에 있는 자네 집으로 그 상태 그대로 가져가 주게.

　이게 내 첫 번째 부탁이고, 이제부터는 두 번째 부탁을 이야기하겠네. 자네가 이 편지를 받자마자 출발한다면 자정 전에는 집으로 돌아올 수 있을 거야. 내

---

8) 이 편지는 1월 9일에 래니언에게 전달되었는데, 편지의 날짜가 12월로 적혀 있다. 이 부분은 작가가 이 작품을 1885년 12월에 출간하려 했으나 출간 일정이 미뤄지면서 발생한 오류로 추측된다 _ 옮긴이 주.

가 그렇게 여유를 두는 것은 막을 수 없거나 예측할 수 없는 장애가 생길까 하는 걱정과 함께 자네가 나머지 일을 처리하는 데 하인들이 모두 잠든 시간이 더 좋으리라는 판단 때문이라네. 아무쪼록 자정이 되면 진료실에 자네 혼자 있길 바라네. 그때 누군가 자네 집을 찾아와 내 이름을 댈 거야. 자네가 직접 그를 맞아 내 서재에서 가져간 서랍을 그자에게 전해 주게나. 그렇게만 하면 자네는 역할을 다 한 거야. 나는 최대한 자네에게 감사의 마음을 전할 거야. 내 설명을 듣고 싶다면 그 일을 끝내고 5분만 기다리게. 그럼 자네는 이 계획이 얼마나 중요한지 알 수 있을 걸세. 자네에게는 기괴하게만 보이겠지만 내 부탁 중 하나라도 빼먹을 경우 자넨 내 죽음이나 이성의 파멸로 인해 크게 괴로움을 겪게 될 걸세.

내 부탁을 하찮게 여길 리 없다고 믿지만, 자네가 혹시나 그럴 수 있다는 생각만 해도 내 가슴이 무너지고 손발이 떨린다네. 지금 이 시간, 낯선 곳에서 상상도 못할 절망의 암흑 속에서 허우적거리고 있는 나를 생각해 주게. 자네가 제 시간 안에 나를 도와준다면 내 고통이 지나간 이야기처럼 사라질 것이네. 친애하는 래니언, 부디 나를 도와주고 구해 주게나.

자네의 친구,

H. J.

추신. 편지를 봉하고 보니 갑자기 새로운 두려움이 몰려오는군. 혹시 우체국이 늦장을 부린다면 이 편지가 내일 아침에나 자네에게 전달될 수도 있을 것 같아. 만약 그렇게 된다면 낮 시간 중 가장 편한 때에 내 일을 처리해 주게나. 그리고 자정에 내 심부름꾼을 다시 한번 만나 주게. 사실 그때면 이미 너무 늦었을지도 모르겠어. 만약 내일 밤이 아무런 일 없이 지나간다면 더 이상 헨리 지킬을 볼 수 없으리라 생각하게나.

이 편지를 읽자마자 지킬이 미쳤다는 확신이 들었지. 하지만 의심의 여지가 없다고 확인될 때까지는 그 친구가 부탁한 대로 할 수밖에 없다는 생각이 들었네. 이 혼란스러운 상황이 이해되지 않는 만큼 상황이 얼마나 위중한지 판단할 수도 없기 때문이었네. 그리고 그런 애절한 호소를 무책임하게 무시해 버릴 수는 없었지. 나는 곧바로 자리에서 일어나 마차를 타고 지킬의 집으로 향했네. 집사는 내가 도착하기를 기다리고 있었는데 그도 똑같은 집배원에게 지시 사항이 담긴 등기 우편을 받았다고 하더군. 편지를 받자마자 자물쇠 수리공과 목수를 부르기 위해 사람을 보냈더라고. 우리가 이야기를 나누고 있는 동안 그들이 도착했어. 우리는 예전에 덴먼 박사가 쓰던 해부실로 함께 들어갔네. (잘 알다시피) 그곳을 통해야 가장 편하게 지킬의 개인 서재에 들어갈 수 있었으니까. 서재 문은 아주 튼튼했네. 자물쇠도 끄떡없었고. 목수는 문을 여는 게 너무 어려울 뿐 아니라 강제로 열 경우엔 집이 많이 망가질 거라고 걱정했다네. 자물쇠 수리공도 거의 절망에 빠졌지. 그래도 다행히 그의 솜씨가 좋아서 두 시간 만에 문을 열 수 있었네. 〈E〉라고 적힌 유리 진열장은 잠겨 있지 않았네. 나는 서랍을 꺼내서 짚으로 그 안을 채우고 천으로 묶은 다음 캐번디시 광장으로 갖고 왔어.

곧바로 나는 서랍에 든 내용물을 살펴보았네. 가루는 상당히 고운 편이었지만 약사의 솜씨 같지는 않았어. 지킬이 개인적으로 만든 게 분명해 보였다네. 포장지를 하나 벗겨 보니 가루는 그저 흰색의 소금 결정체처럼 보이더군. 그다음으로 작은 약병에는 피처럼 붉은 액체가 반 정도 들어 있었는데 톡 쏘는 냄새로 보아 인(燐) 성분과 휘발성 에테르가 들어 있는 것 같았지. 그 밖의 성분은 짐작도 할 수 없었다네. 공책은 평범해 보였으며 날짜들만 줄줄이 적혀 있을 뿐 다른 내용은 없었네. 날짜들은 여러 해에 걸쳐 기록되어 있었지만 자세히 살펴보니 거의 1년 전부터 기록이 완전히 끊겨 있더군. 날짜 옆에 짧게 메모가 되어 있었지만 대개는 한 단어에 불과했네. 기입된 수백 개의 항목 중에 여섯 번 정도 '두 배'라고 적혀 있었고, 목록 첫 부분에 딱 한 번, '완전 실패!!!'라는 탄성이 여러 개의 느낌표와 함께 적혀 있었네. 호기심이 커지기는 했지만 이 정도로는 알 수 있는 정보가 거의 없었네. 팅크[9]가 든 작은 약병, 종이로 싼 소금, (지킬의 무수한 연구가 늘 그래 왔듯이) 유용한 결과를 내지 못한 일련의 실험 기록이 전부였네. 내 집에 가져온 이 물건들이 어떻게 그 변덕스러운 친구의 명예와 온전한 정신 심지어 생명에도 영향을 미칠 수 있단 말인가? 지킬의 심부름꾼이 이곳에 올 수 있다면 왜 다른 집에는 갈 수 없는가? 혹여 문제가 생겼다고 해도 내가 왜 그자를 비밀리에 맞이해야 하는가? 생각하면 할수록 머리가 이상해진 사람을 상대하고 있다는 확신이 강해지더군. 하인들을 잠자리에 들라고 물린 뒤 혹시 내 몸을 지켜야 할 상황이 생길지도 모른다는 생각이 들어서 낡은 권총에 총알을 장전했네.

자정을 알리는 종소리가 런던 전역에 울려 퍼지자 곧이어 아주 조심스럽게 문을 두드리는 소리가 들렸어. 나는 직접 문을 열기 위해 나갔지. 현관 기둥에 기대어 몸을 웅크리고 서 있는 작은 남자가 보이더군.

"지킬 박사가 보냈습니까?" 내가 물었다네.

그는 어색한 몸짓을 하며 "예."라고 대답했어. 내가 들어오라고 하는데도 그자는 어두운 광장 쪽을 힐끗거리며 돌아보더군. 경관 한 명이 멀지 않은 곳에서 네모난 전등을 들고 다가오고 있었어. 지킬이 보낸 손님은

---

9) tincture. 동식물에서 얻은 약물이나 화학 물질을 에탄올 또는 에탄올 정제수의 혼합액으로 흘러 나오게 하여 만든 물약이다.

그를 보고 놀라서 더 서둘러 들어온 것 같더군.

　고백하자면 난 이런저런 일들이 맘에 안 들었어. 그래서 그를 따라 밝은 진료실에 들어가면서도 계속 권총에 손을 대고 있었네. 거기에서야 그자를 자세히 살펴볼 수 있었지. 한 번도 본 적이 없는 사람이었네. 그 것만은 확실했어. 앞서 얘기했듯이 그자는 아주 작았어. 충격적인 얼굴 표정, 강건한 활동력과 눈에 띌 정도로 빈약한 체구의 진기한 조합 그리 고 무엇보다도 그가 가까이 있다는 사실로 인해 생기는 기이한 불안감에 나는 큰 충격을 받았네. 그 때문에 오한이 막 시작될 때의 증세가 느껴지 고 맥박이 크게 떨어지기까지 했네. 당시엔 다소 기이한, 사적인 불쾌감 탓이려니 생각했으니까 그런 격렬한 증상이 의아할 뿐이었어. 하지만 그 때 이후로 그 증상이 인간의 내면 속 훨씬 더 깊은 곳에 자리 잡고 있는 본성에서 비롯되었으며 단순한 증오보다는 고차원적인 원리에 따른다는 확신이 들었다네.

　(처음 들어오는 순간부터 역겨운 호기심을 불러일으킨) 그자는 사람들 의 웃음거리가 되기 딱 좋은 복장을 하고 있었네. 고급 소재이며 차분한 옷감인 것은 분명하지만 그에게 너무 컸기 때문이었지. 바지가 너무 길 어서 땅에 닿을까 봐 말아 올렸고 외투의 허리선은 엉덩이 밑으로 내려 와 있는 데다가 옷깃은 어깨 위로 흉하게 늘어져 있었다네. 그런데 난 그 렇게 우스꽝스러운 복장을 보고도 결코 웃을 수가 없었네. 참 이상한 일 이지. 나와 마주하고 있는 그 사람의 본질에는 비정상적이고 흉측한 무 언가가 있었다네. 놀랍고 혐오스러우며 떨쳐 내기 힘든 무언가가 느껴지 더란 말일세. 그런데 이 색다른 불균형은 그의 본질과 잘 어울렸을 뿐 아 니라 그것을 강화시켜 주는 듯했네. 그래서 나는 그자의 본성과 성격 외 에 그의 출신과 삶 그리고 재산과 지위까지도 궁금해지기 시작했네.

그자에 대한 얘기를 한참 주절댔지만 사실 그를 자세히 관찰한 건 몇 초에 불과했네. 나를 찾아온 그자는 상당히 흥분한 상태였거든.

"가져오셨습니까? 분명히 가져오신 거죠?" 그자는 울부짖듯 말하더군. 어찌나 조바심을 내던지 내 팔을 잡고 흔들기까지 했다네.

그의 손길에 피가 얼어붙는 것 같아서 나는 그를 밀쳐 냈다네. 그러고는 말했지. "진정하시죠. 아직 서로 인사도 나누지 않았는데요. 일단 자리에 앉으시죠." 사실 시간도 늦었고 그자에 대한 선입견과 두려움 때문에 제정신을 차리기가 힘들었지만 나는 본보기를 보여 줄 생각으로 늘 앉던 의자에 먼저 앉았네. 그러고는 일반 환자를 대하듯 짐짓 편한 척을 했다네.

"죄송합니다. 래니언 박사님. 박사님 말씀이 맞습니다만 조바심 때문에 예의를 차리지 못했습니다. 제가 여기 온 것은 박사님 친구인 지킬 박사님의 일 때문입니다. 제가 알기로는……." 그는 잠시 말을 멈추고는 목에 손을 가져갔어. 아주 침착하게 굴었지만 히스테리 증상을 억누르려고 애쓰고 있다는 게 보이더군. "제가 알기로는 서랍이……."

갑자기 그자가 마음을 졸이는 모습이 안쓰러워 보이더군. 그리고 내 호기심은 더 커져 갔지.

"저기 있습니다." 나는 서랍을 가리켰어. 그것은 천으로 덮인 채 책상 뒤편 바닥에 놓여 있었거든.

그가 그쪽으로 달려가다가 갑자기 멈추고는 가슴에 손을 얹더군. 턱에 경련이 일어나는지 이를 바득바득 가는 소리가 들렸네. 그의 안색이 어찌나 창백하던지 그의 목숨뿐 아니라 정신 상태까지 걱정이 되더군.

"진정하세요." 내가 말했어.

그는 나를 쳐다보면서 섬뜩한 미소를 지었네. 그러고는 체념한 사람처럼 천을 걷어 버리더군. 그는 내용물을 보더니 크게 안도한 듯 흐느꼈는데 그 소리에 난 그만 아연실색하고 말았어. 이윽고 그는 아주 절제된 목소리로 내게 물었어. "눈금이 매겨진 컵이 있습니까?"

나는 힘겹게 자리에서 일어나 그가 부탁한 물건을 찾아 주었네.

미소를 머금은 그는 고개를 끄덕이며 고맙다고 인사하더니 미량의 붉은 팅크를 재어 분말과 섞더군. 처음에 붉은색을 띠던 그 혼합물은 결정들이 녹으면서 밝아졌고 소리가 들릴 정도로 거품을 내면서 증기까지 조금 내뿜었어. 그러다 갑자기 거품이 가라앉았는데 그와 거의 동시에 그 용액은 짙은 보라색으로 변했고 다시 천천히 옅은 녹색으로 바뀌어 갔다네. 방문객은 예리한 눈으로 이 모든 변화 과정을 지켜보았지. 그러더니 그는 미소를 지으며 컵을 탁자 위에 내려놓고는 몸을 돌려 나를 뚫어져라 쳐다보았지.

"이제 남은 일만 처리하면 되겠군요. 더 알고 싶은가요? 제가 가르쳐 드릴까요? 아니면 아무 말 없이 제가 이 컵을 들고 나가길 바랍니까? 당신은 그 대단한 호기심에 사로잡혔나요? 대답하기 전에 잘 생각하세요. 박사님이 결정한 대로 될 테니까요. 박사님의 결정에 따라 박사님은 전처럼 지낼 수도 있습니다. 더 부유해지지도 더 현명해지지도 않을 겁니다. 죽음의 고통에 빠진 사람을 도와줬다는 생각에 영혼이 풍부해졌다고 느끼지 못한다면 말이죠. 박사님이 달리 선택한다면 새로운 지식으로의 길뿐만 아니라 명예와 권력으로 향하는 새 길까지도 열릴 수 있습니다. 지금 이 순간, 이 방에서 말입니다. 당신은 사탄에 대한 불신이 흔들릴 정도로 경이로운 일을 보게 될 테니까요."

"수수께끼 같은 말씀을 하는군요. 제가 당신의 말을 믿지 않는다고 해도 놀라지 않겠지요. 하지만 그 끝을 보기 전에 멈추기에는 이미 이해할 수 없는 상황에 너무 깊이 발을 들여놓은 것 같소." 나는 실제로는 전혀 그렇지 않으면서 애써 침착한 척하며 대답했네.

"좋습니다, 래니언 박사님. 우선 맹세를 명심하시기 바랍니다. 지금부터 벌어지는 일은 우리의 직업상 비밀에 해당합니다. 그토록 오랫동안 가장 편협하고 세속적인 견해에 매여 있던 당신, 초월적인 약의 효능을 부인해 왔던 당신, 자신보다 우월한 사람들을 조롱해 왔던 당신. 자, 이제 똑똑히 보시오!"

그는 컵을 입술에 가져가더니 한입에 그것을 털어 넣었다네. 그에게서 비명 소리가 터져 나왔어. 그자는 몸을 비틀고 휘청거리다가 탁자를 붙잡고 매달렸어. 충혈된 눈을 부릅뜨고 입을 벌린 채 헐떡거리더군. 내 눈앞에서 어떤 변화가 생긴다 싶었는데 어느 순간 그자의 몸이 부풀어 오르는 것 같았네. 얼굴이 갑자기 검게 변했고 이목구비도 녹아 내리며 바뀌는 듯했지. 그리고 다음 순간 나는 자리에서 벌떡 일어나 벽까지 뒷걸음질 치고 말았네. 그 기이한 광경으로부터 나 자신을 지키기 위해 두 팔로 얼굴을 가렸네. 공포가 엄습해 왔어.

"오, 하나님! 세상에 이런 일이 있다니!" 나는 비명을 지르고 또 질렀어. 바로 내 눈앞에서 창백한 얼굴을 하고 온몸을 흔드는, 마치 죽음에서 깨어난 사람처럼 반쯤 정신을 잃은 채로 두 손으로 앞을 더듬으며 걸어 나오는 자는 다름 아닌 헨리 지킬이었다네!

그 후 한 시간 동안 그가 들려준 이야기는 차마 옮겨 적을 마음이 들지 않는다네. 내가 직접 보고 들은 그 일로 인해 내 영혼은 병들고 말았어. 그 광경이 내 눈앞에서 사라진 지금, 그 상황을 믿을 수 있는지 스스로에게 묻고 있다네. 그러나 대답할 수가 없어. 내 삶은 뿌리까지 흔들렸어. 잠도 잘 수 없고. 나는 하루 종일 그 끔찍한 공포에 사로잡혀 있다네.

이제 죽을 날이 얼마 남지 않았다는 생각이 드는군. 나는 죽을 수밖에 없어. 지독한 불신에 빠져 죽는 거지. 아무리 참회의 눈물을 흘렸다고는 해도 그자가 내게 털어놓은 그 파렴치한 짓은 기억 속에서 떠올리기만 해도 두려움이 몰려든다네. 어터슨, 한마디만 하겠네. (자네가 내 말을 믿어 준다면) 그것으로 충분할 걸세. 지킬이 털어놓은 바에 의하면 그날 밤 내 집에 잠입한 그자는 하이드라는 이름으로 알려져 있으며 영국 전역에 커루의 살인자로 지명 수배된 자였다네.

헤이스티 래니언

헨리 지킬의 진술

This, as I take it,
was because all human beings, as we meet them,
are commingled out of good and evil:
and Edward Hyde, alone in the ranks of mankind,
was pure evil.

나는 18--년 아주 부유한 집에 태어났다. 체격이 큰 편이며 선천적으로 부지런했다. 또한 총명하고 훌륭한 동료들의 존경을 한 몸에 받는다는 사실을 즐거워하는 사람이었다. 따라서 앞으로 내가 명예와 영광을 보장받을 사람임을 쉽게 짐작할 수 있었다. 하지만 사실 나는 향락에 탐닉하는 최악의 결점을 가지고 있었다. 이러한 쾌활함은 많은 사람들을 행복하게 해주지만, 사람들 앞에서 머리를 꼿꼿이 세우고 진중한 표정을 짓고 다니려는 내 오만한 욕망과는 어울리기 힘들었다. 그래서 나는 이러한 성향을 숨기려고 했다. 그리고 내 인생을 돌아볼 나이가 되어 주위를 둘러보고 이 세상에서 내가 얻은 것과 지위를 찬찬히 살펴보다가 내가 이미 이중생활에 깊이 빠져 있음을 깨달았다. 그런 난잡한 행동을 자랑삼아 떠벌리고 다니는 사람들이 많겠지만 나는 여기에 죄책감을 느꼈다. 내가 스스로 정한, 고귀한 목표 때문에 나는 거의 병적인 수치심을 느끼며 그 부정한 행위들을 숨겼다. 그러므로 지금의 나를 만든 것은 내 결점들 중에서 특정한 어떤 결함이라기보다 성공을 향한 가혹하다 싶을 정도의 열망이었다. 그리고 나는 인간의 이중성을 가르고 뒤섞는 선(善)과 악(惡)의 영역이 대다수의 사람들보다 더욱더 깊이 갈라져 있었다. 그로 인해 나는 오래도록 엄격한 삶의 규칙을 철저하게 숙고했다. 나에게 삶이란 종교의 뿌리에 자리하고 있고 수많은 곤경을 안겨 주는 원천 중의 하나이다. 나는 심각한 이중인격자였지만 위선자는 결코 아니었다. 내 이중성은 어느 쪽이든 진정으로 우러난 결과였다. 자제심을 버리고 수치스러운 일을 벌일 때의 나는 대낮에 지식을 늘리거나 다른 사람들의 슬픔과 고통을 덜어 주기 위해 애쓰는 나만큼이나 나 자신이었다. 그동안 나는 전적으로 신비롭고 초월적인 현상에 매달리며 과학을 연구해 왔다. 그러다가 우연히 내 안의 존재들이 벌이는 끝없는 전쟁의 본질이 무엇인지 확실하게 깨달았다. 시간이 지나 나는 도덕적·지적 이해력을 바탕으로 그 진실에 점점 더 가까이 갈 수 있었지만 그 진실의 일부를 발견한 탓에 이토록 끔찍한 파멸을 맞을 운명에 처하고 말았다. 그 진실은 바로 인간이 실제로 하나가 아니라 둘이라는 사실이었다. 내가 둘이라고 말한 것은 내 지식수준이 그 선을 넘지 못하기 때문이다. 다른 사람들은 내 생각을 따르거나 같은 분야에서 내 의견을 넘어서는 생각을 할 것이다. 나는 인간이 궁극적으로 서로 어울리지 않는, 다면적인 개별 요소들로 이루어진 조직체라는 가설을 과감하게 제시하고자 한다. 나로 말하자면 한 치의 오류도 없이 하나의 방향으로만 걸어가며 살아온 사람이었다. 내가 인간의 완전하고도 근원적인 이중성을 깨닫게 된 것은 도덕적 측면에서였고 나는 몸소 그것을 인식했다. 그리고 내 의식 속에서 다투는 두 개의 본성에 대해 알게 되었다. 내가 그 둘 중 하나의 본성에 속한다는 것은 근본적으로 그 둘 다에 해당된다는 의미이기도 했다. 내 과학적 발견이 그러한 기적의 발생 가능성을 암시해 주기 전에 나는 그 요소들이 분리되는 상황을 백일몽(白日夢)처럼 즐기는 법을 알아냈다. 나는 각각의 요소가 각각의 신분에 따로 들어가 있을 수 있다면 인생에서 견딜 수 없는 일 전부가 없어질 것이라고 혼잣말을 하곤 했다. 그렇게만 된다면 악은 더욱 고결한 쌍둥이의 열망과 자책으로부터 떨어져 나와 자신의 길을 갈 것이다. 그리고 선은 단호하고도 안전하게 고상한 길로 나아가며 자신에게 즐거움을 주는 선행을 베풀 것이며 더 이상 아무런 관련 없는 악 때문에 굴욕과 후회를 반복할 필요도 없어질 것이다. 서로 어울리지 않는 쌍둥이가 함께 붙어 있는 것, 즉 이 양극의 쌍둥이가 의식이라는, 고뇌하는 자궁 속에서 끊임없이 다투고 있다는 것이 인류에게 내려진 저주였다. 그렇다면 그 둘은 어떻게 분리되었을까?

앞에서 말했듯이 내가 그런 생각에 빠져 있을 무렵, 실험실 탁자에서부터 그 주제에 대한 서광이 비치기 시작했다. 나는 우리가 옷을 걸쳐 놓은 그 견고해 보이는 육체의 안개 같은 무상함을, 그 흔들리는 비실체성을 여태껏 설명되어 온 것보다도 더욱더 깊이 깨닫기 시작했다. 바람이 막사의 천막을 벗겨 내듯이 그 육체의 겉옷을 흔들어 벗겨 낼 수 있는 어떤 약물을 찾아냈다. 두 가지 이유 때문에 이 과학적 결과에 대해 더 자세히 고백하지 않으려 한다. 첫째로 인간은 인생의 비운과 멍에를 어깨에 짊어지고 살 수밖에 없음을 깨달았기 때문이다. 그리고 그 짐을 벗어버리려고 하면 결국에는 더욱더 생소하고 끔찍한 억압이 우리에게 되돌아 옴을 알게 되었기 때문이다. 두 번째로, 아아, 내 고백으로 너무나도 자명해지겠지만 연구는 불완전했기 때문이다. 그래서 다음과 같이 설명하는 것으로 충분할 듯하다. 그 연구로 내 육체란 정신을 구성하는 어떤 힘들과 기가 발산한 것에 불과함을 깨달았고, 그 힘들을 최고의 지위에서 끌어내려 제2의 형상과 용모로 대체하는 약을 간신히 조제해 냈을 뿐이었다. 물론 그 제2의 형상은 내 정신의 저급한 부분이 그대로 표현되었고 그 특징을 고스란히 갖고 있었기 때문에 나에게는 너무나도 자연스럽게 느껴졌다.

이 이론을 실행에 옮기기까지 오래도록 망설였다. 목숨을 거는 일이라는 사실을 잘 알고 있었다. 정체성의 근원을 통제하고 뒤흔들 정도로 강력한 약이라면 아무리 적은 양이라도 과용하거나 부적절하게 투약하는 경우에 내가 변화하길 기대하는 그 실체 없는 육체 자체가 소멸해 버릴 수 있기 때문이었다. 하지만 발견이라는 유혹이 너무나도 강렬하고 심오했기 때문에 결국 그 경고의 암시는 묵살되고 말았다. 나는 오래전부터 팅크를 준비해 두었다. 특별한 소금도 도매 약국을 통해 대량으로 구입해 두었다. 실험을 통해 그 소금이 없어서는 안 되는 성분임을 알아냈다. 그리고 어느 저주받은 밤, 나는 성분들을 모두 혼합하여 그것들이 부글부글 끓으며 연기를 내뿜는 과정을 지켜보았다. 그리고 화학 반응이 잦아들었을 때, 큰 용기를 내어 약을 입속에 털어넣었다.

극심한 고통이 이어졌다. 뼈가 으스러지는 것 같았고 끊임없이 지독한 구역질이 났다. 생사의 순간에도 느낄 수 없을 법한 공포가 정신을 엄습했다. 그 후 이러한 고통은 순식간에 가라앉았다. 나는 큰 병을 앓고 난 사람처럼 의식을 회복했다. 느낌이 이상했다. 설명할 수는 없지만 뭔가 새로웠고, 그 새로움 때문에 믿을 수 없을 만큼 기분이 좋아졌다. 내가 더 젊어지고 가벼워지며 행복해지는 느낌이 들었다. 그 육체 안에서 성급한 무모함이 느껴졌다. 머릿속에서는 물레방아의 물줄기와 같이 무질서한, 감각적 이미지들의 급류가 쏟아져 내리고 있었다. 의무의 족쇄가 벗겨졌고 영혼은 순수하지 않은 미지의 자유를 추구했다. 이 새로운 생명체로 처음 호흡하는 순간 나는 내가 더욱 사악해졌음을, 열 배는 더 사악해졌음을 깨달았다. 내 안에 원초적 악마에게 노예를 팔아넘긴 것이었다. 그것을 깨닫자 와인을 마실 때처럼 기운이 솟고 기분이 좋아졌다. 나는 두 손을 뻗어 이 새로워진 감각을 만끽했다. 그리고 그 와중에 내 키가 크게 줄었다는 사실을 불현듯 깨달았다.

그날 내 방에는 거울이 없었다. 이 글을 쓰고 있는 지금 내 옆에 있는 거울은 이 변신을 지켜보기 위해 그 후에 가져다 놓은 것이다. 이미 시간이 많이 흘러 새벽이 되어 있었다. 아직 어두웠지만 날이 밝기까지는 머지않은 때였다. 그래도 집안 식구들은 모두 깊은 잠에 빠져 있었다. 그래서 희망과 승리에 도취된 나는 새로워진 모습으로 침실까지 가보기로 결심했다. 별들이 안마당을 가로지르는 나를 내려다보았다. 그 별들은 잠도 자지 않으면서 내내 지켜봤음에도 이제까지 한 번도 보지 못한 최초의 피조물(被造物)을 봐서 놀랐을 거라고 생각했다. 나는 내 집에 침입한 이방인이 되어 살그머니 복도를 지나 내 방으로 들어갔다. 그리고 처음으로 에드워드 하이드의 모습을 보았다.

지금부터 나는 이론적인 얘기만 할 것이다. 내가 아는 것이 아니라 가장 가능성이 높다고 생각하는 얘기다. 내가 지금 도장을 찍듯 만들어 낸 내 본성의 악한 측면은 방금 전에 벗어던진 선한 측면보다 신체적으로

부실하고 왜소했다. 어쨌든 나는 모든 일에 노력하며 선행을 베풀고 절제하면서 삶의 대부분을 보냈기 때문에 그 악한 측면을 소모할 일이 거의 없었다. 따라서 에드워드 하이드는 헨리 지킬보다 훨씬 더 작고 왜소하며 젊을 수밖에 없다는 게 내 생각이었다. 헨리 지킬의 얼굴에서 빛이 나고 있었다면 하이드의 얼굴에는 악이 노골적이고 선명하게 드러나 있었다. 게다가 악(나는 이것이 인간의 치명적인 일면이라고 굳게 믿고 있다.)은 그 신체에 기형과 타락의 자국을 뚜렷하게 남겨 놓았다. 하지만 거울 속에 비친 그 추한 모습을 봤을 때 나는 반감보다는 반가움을 느꼈다. 이 모습 역시 내 자신이었기에 내게는 자연스럽고 인간적인 존재로 보였다. 나는 하이드에게서 활기찬 이미지를 느꼈다. 그의 모습은 내가 지금껏 나라고 부르는 데에 익숙해진, 그 불완전하고 분열된 모습보다 훨씬 더 명확하며 독특해 보였다. 그리고 그때까지만 해도 내 생각은 분명 옳았다. 내가 에드워드 하이드의 모습을 하고 있는 동안 그 모습에 불안해하지 않으면서 다가오는 사람은 아무도 없다는 사실을 알게 되었다. 우리가 만나는 모든 사람들이 선과 악이 혼재된 상태지만 에드워드 하이드만은 순수한 악의 존재였기 때문에 사람들이 불안해할 수밖에 없다고 생각했다.

나는 거울 앞에 오래 머물 수 없었다. 결정적인 두 번째 실험을 시도해 보지 않았기 때문이었다. 내 변신이 회복 불가능한 상태인지 확인해야만 했다. 만약 그렇다면 나는 더 이상 내 집이라 할 수 없는 이 집에서 날이 밝기 전에 달아나야 했다. 그래서 서둘러 서재로 돌아온 나는 다시 한번 약을 조제하여 마셨다. 그리고 또다시 그 극심한 분열의 고통을 겪은 끝에 헨리 지킬의 성격과 체격, 얼굴을 지닌 원래의 나로 돌아갔다.

그날 밤 나는 운명의 갈림길에 서 있었다. 더욱 고귀한 정신 상태에서 내 과학적 발견에 접근했더라면 또는 내가 너그럽거나 경건한 열망에 심취해 있을 때 그 실험을 감행했더라면 모든 게 분명 달라졌을 것이다. 이 생사의 고통을 통해 악마가 아니라 천사가 나타났을 것이다. 그 약에는 선악을 구별해 내는 능력이 없었다. 약은 사악하지도 신성하지도 않았다. 그 약은 단지 내면의 감옥 문을 흔들어 열었을 뿐이다. 갇혀 있던 죄수가 필리피의 포로들[10]처럼 튀어나온 것이었다. 당시 나의 선함은 잠에 빠져 있었던 반면 야망에 의해 깨어 있던 사악함은 민첩하게 기회를 낚아챘다. 그리고 그렇게 에드워드 하이드가 튀어나왔다. 이제 나에게는 두 가지의 외모와 두 가지의 성격이 존재했다. 하나는 완전히 사악한 존재였고, 다른 하나는 과거의 헨리 지킬이었다. 그리고 이미 나는 서로 조화되지 않는 그 혼합체가 개조시키거나 향상시키기에는 너무나도 절망적인 상태임을 알고 있었다. 그리하여 사태는 전적으로 나쁜 쪽으로 전개되었다.

그때만 해도 나는 무미건조한 연구 생활에 대한 반감을 극복하지 못했다. 그래서 이따금 즐겁게 놀고 싶은 마음이 들었다. 내가 즐기는 그 재미라는 건 (아무리 좋게 말해도) 품위가 없었다. 게다가 나는 평판 좋은 유명 인사인 동시에 나이가 지긋한 사람이었으니 이런 부조화된 생활이 점점 더 달갑지 않게 느껴졌다. 새로운 힘이 나를 유혹한 것은 바로 이러한 측면 때문이었다. 그리고 결국 나는 그 힘의 노예가 되고 말았다. 약만 들이켜면 나는 유명한 교수의 몸을 바로 벗어 버리고 두꺼운 망토를 걸치듯 에드워드 하이드로 변신할 수 있었다. 그 생각만 해도 절로 웃음이 나왔다. 그때는 그것이 웃기게 느껴졌다. 그래서 나는 아주 세심

---

10) the captives of Philippi. 바울과 실라가 마케도니아에서 선교 중에 투옥되었을 때 지진이 발생하면서 감옥 문이 열렸다는 사도행전 속 이야기를 빗대었다.

하게 준비를 시작했다. 소호에 집을 하나 장만해서 가구를 들였다. 경찰이 하이드를 뒤쫓아 간 바로 그 집이었다. 그리고 파렴치하면서 입이 무겁기로 소문난 가정부를 고용했다. 한편으로 나는 하인들에게 (하이드라는 사람에 대해 설명하고) 그가 내 집에서 완전한 자유와 권한을 누릴 거라고 선언했다. 만약의 불상사를 피하기 위해 나는 제2의 모습으로 직접 집을 방문하여 하인들과 낯을 익혔다. 그리고 어터슨이 그토록 반대한 유언장도 작성했다. 행여 지킬 박사의 몸에 무슨 일이 생기면 경제적인 손실 없이 에드워드 하이드의 몸으로 살아갈 수 있도록 대비했기 때문이었다. 그렇게 내 딴에는 만반의 준비를 마친 뒤 내 상황에서 비롯된 기이한 면책권을 즐기기 시작했다.

과거 사람들은 자객을 고용하여 범죄를 처리했다. 그렇게 하면 자신의 인격과 명성은 고스란히 보호할 수 있었기 때문이다. 나는 쾌락을 위해 범죄를 저지른 최초의 사람이 되었다. 사람들이 보는 데서는 한껏 점잖은 태도를 유지하다가 한순간 동네 악동처럼 빌려 입은 옷을 모두 벗어 버리고 곧바로 자유의 바다에 뛰어들 수 있었다. 그렇게 해도 나는 난공불락의 망토를 걸쳤기에 완벽하게 안전할 수 있었다. 생각해 보라. 나는 존재조차 없는 사람이었다! 실험실로 달아난 뒤 늘 준비해 두는 약을 1,2초 만에 섞어 마시기만 하면 그만이었다. 에드워드 하이드가 무슨 짓을 하든 거울 위의 입김 자국처럼 사라질 수 있었다. 그리고 그의 자리에서 또는 조용히 집에서 한밤중에 전등 빛을 조절하며 연구에 몰두한 채 모든 혐의를 비웃을 수 있는 헨리 지킬이 있었다.

앞에서 말했듯이 내가 변신한 상태에서 허겁지겁 추구한 쾌락은 점잖지 못한 것들이었지만 더 심하게 표현할 생각은 없다. 하지만 에드워드 하이드의 손에 넘어간 쾌락은 괴물과 같이 변해 버렸다. 그래서 이러한 일탈에서 돌아온 뒤에 나는 종종 내 분신의 사악함에 놀라곤 했다. 내가 내 자신의 영혼에서 불러내어 마음껏 즐기라고 세상으로 혼자 내보내 준 이 녀석은 타고나기를 악하고 비열했다. 그의 행동과 생각은 모두 철저하게 자기중심적이었다. 타인에게 끝 모를 고통을 안기며 동물 같은 탐욕으로 쾌락을 들이마셨고 마치 돌로 된 인간처럼 무자비했다. 헨리 지킬은 때때로 에드워드 하이드의 악행에 간담이 서늘해졌지만 그 상황은 일반적인 법률과는 무관했기 때문에 나도 모르는 사이에 양심의 가책에서 자유로워져 있었다. 어쨌든 죄를 지은 사람은 하이드 혼자였으니까. 지킬은 조금도 나빠지지 않았다. 아침에 눈을 떠보면 그의 훌륭한 품성은 전혀 훼손되지 않은 것처럼 보였다. 그는 가능하면 하이드의 악행을 서둘러 만회하려 했다. 그렇게 그의 양심은 침묵에 빠져들고 말았다.

내가 그렇게 눈감아 준 그의 악행에 대해 자세히 밝힐 생각은 없다. (지금도 내가 그 짓을 했다고 인정할 수 없기 때문이다.) 다만 나에 대한 징벌이 다가오고 있음을 알리는 경고들과 연이은 사건들에 대해서는 말할 생각이다. 사건이 하나 있었다. 크게 문제가 된 일은 아니었지만 언급은 할 생각이다. 내가 어떤 아이에게 저지른 잔인한 행동으로 지나가던 사람의 분노를 샀다. 나중에 알고 보니 그 행인은 어터슨의 친척이었다. 의사와 아이의 가족이 합세하여 나를 몰아대는 바람에 난 생명의 위협까지 느꼈다. 에드워드 하이드는 그들의 너무나도 당연한 분노를 달래기 위해 결국 집까지 그들을 데려와 헨리 지킬의 이름으로 발행된 수표를 지불해야만 했다. 그러나 이로 인해 나중에 발생할 위험은 쉽게 피할 수 있었다. 에드워드 하이드의 이름으로 다른 은행에 계좌를 개설한 덕이었다. 그때 나는 손목을 뒤로 눕혀서 내 분신에게 서명을 만들어 주었다. 그로써 나는 파멸의 가능성에서 벗어났다고 생각했다.

댄버스 경의 살인 사건이 있기 두 달 전쯤에 나는 또 다른 모험을 즐기러 나갔다가 늦게 귀가했다. 그런데 다음 날 눈을 떴을 때 약간 이상한 느낌이 들었다. 주위를 스윽 둘러보아도 그 느낌은 가시지 않았다. 광장에 위치한 내 방의 높은 천장과 고급 가구를 둘러보고 침대 커튼 무늬와 마호가니 침대 모양을 확인해 봐도 그 느낌은 사라지지 않았다. 내가 지금 있는 이곳이, 내가 눈을 뜬 이곳이 내 방이 아니라 에드워드 하이드의 몸으로 자는 데에 익숙해진 소호의 작은 방 같다는 느낌이 가시지 않았다. 나는 혼자 배시시 웃다가 느긋하게 이 환상의 요인들을 심리학적으로 분석하기 시작했고, 그러다가 다시 편안하게 아침잠에 빠져들기도 했다. 한참을 그 상태로 있다가 어느 순간 잠이 설핏 깨면서 내 손이 눈에 들어왔다. (어터슨이 종종 말했듯이) 헨리 지킬의 손은 모양이나 크기 면에서 직업과 어울렸다. 크고 단단한, 흰색의 잘생긴 손이었다. 그런데 지금 이불에 반쯤 덮인 채 런던의 황금빛 아침 햇살을 받은 그 손은 가늘고 울퉁불퉁하며 손가락 마디가 튀어나온 데다가 창백하면서도 어두운 빛을 띠고 거무스름한 털까지 수북했다. 그것은 에드워드 하이드의 손이었다.

나는 너무 놀라 멍해진 탓에 30초쯤 내 손을 뚫어져라 쳐다보고 있었던 듯하다. 순간 심벌즈가 부딪치는 것처럼 깜짝 놀랄 만한 공포가 내 가슴을 내려쳤다. 나는 침대에서 벌떡 튀어 내려와 거울 앞으로 달려갔다. 거울에 비친 내 모습에 온몸의 피가 마르고 얼어붙어 버리는 줄 알았다. 그렇다. 헨리 지킬로 잠이 들었는데 에드워드 하이드로 깨어난 것이었다. 이 일을 어떻게 설명할 수 있을까? 이렇게 스스로에게 질문을 던지자 다시 한번 공포심이 솟구쳤다. 어떻게 이 일을 수습하지? 이미 날은 훤히 밝아 있었다. 하인들은 모두 일어났고 약은 전부 서재에 있었다. 지금 내가 공포에 사로잡혀 서 있는 이곳에서 서재까지는 먼 거리였다. 계단을 두 개나 내려가서 뒤쪽 통로를 지나간 다음 탁 트인 안마당을 가로질러 해부실까지 통과해야 했다. 얼굴을 가릴 수는 있지만 체격이 달라진 사실은 숨길 수 없는데 그게 무슨 소용이겠는가? 그러다가 하인들이 이미 내 두 번째 자아의 출입에 익숙해져 있다는 사실이 떠오르자 한순간에 마음이 편해졌다. 나는 최대한 몸에 맞는 옷으로 갈아입고 집 안을 통과했다. 그때 브래드쇼가 하이드를 멍하니 쳐다보다가 뒤로 물러섰다. 그런 시간에 이상한 차림새로 하이드가 지나가니 그럴 수밖에 없었을 것이다. 그리고 10분 뒤 지킬 박사가 자신의 본 모습으로 돌아와 침울한 표정으로 식탁 앞에 앉아 아침을 먹는 척했다.

사실 입맛도 없었다. 지금까지의 경험을 완전히 뒤집어 놓은 이 알 수 없는 사건은 바빌로니아 성벽에 나타난 손가락[11]처럼 나에 대한 판결문을 적어 내려가고 있는 듯했다. 그때부터 나는 내 이중 존재에 대해 그 어느 때보다도 심각하게 고민하기 시작했다. 최근에 내가 분신을 너무 자주 만들어 내서 그의 힘을 키웠을지도 몰랐다. 실제로 요즘 에드워드 하이드의 체격이 커진 것 같기도 했다. 그리고 (하이드로 변신했을 때) 피가 더 빨리 도는 느낌이었다. 나는 위험을 직감하기 시작했다. 만약 이런 일이 계속되면 내 본성의 균형이 영원히 무너지고 자발적인 변신 능력이 없어질 수도 있겠다는 생각이 들었다. 그렇게 되면 에드워드 하이드의 성격이 영원히 내 성격으로 자리 잡을 수도 있었다. 약의 효능이 항상 똑같게 나타나는 것은 아니었다. 초기에 한 번 약효가 전혀 나지 않은 적도 있었다. 그때 이후로 나는 가끔 양을 두 배로 늘렸고 한번은 죽음의 위험을 무릅쓰고 세 배까지 늘리기도 했다. 지금까지는 드문드문 나타나

11) Babylonian finger on the wall. 바빌론 제국의 마지막 왕인 벨사살(Belshazzar)의 운명에 대한 예언을 적은 손가락을 말하며, 성벽에 글씨가 나타났다는 표현은 누군가의 파멸을 의미한다.

는, 약효에 대한 불확실성이 내 만족감을 해치는 유일한 문제였다. 하지만 그날 아침에 일어난 사건에 비추어 보니 처음에는 지킬의 몸에서 벗어나는 게 어려웠던 반면, 최근에는 지킬로 돌아가는 일이 조금씩이기는 하지만 전보다 확실히 어려워지고 있다는 생각이 들었다. 결국 이 모든 일들은 한 가지를 가리키고 있는 듯했다. 원래의 좀 더 나은 자아를 유지하는 힘이 서서히 약해지면서 내가 사악한 두 번째 자아로 변해 가고 있다는 사실이었다.

이제 이 둘 중에서 선택을 내려야 한다는 생각이 들었다. 내 두 본성은 기억을 공유하고 있었지만 그 외의 모든 기능들은 고르지 않게 나뉘어 있었다. (선악의 혼합체인) 지킬은 한편으로는 민감해 보일 정도로 불안해하고 다른 한편으로는 즐거움에 목말라하며 하이드의 쾌락과 모험을 계획하고 공유했다. 하지만 하이드는 지킬에게 관심이 없었다. 하이드는 지킬을 산적이 추적을 피할 때 몸을 숨기는 동굴 정도로 생각했을 뿐이다. 지킬은 아버지가 자식에게 갖는 것보다 큰 관심을 보였지만 하이드는 아들보다 더 무관심하게 지킬을 대했다. 지킬에게 내 운명을 맡긴다면 남몰래 오래도록 누려 왔고 최근에 마음껏 탐닉하기 시작한 그 욕구들을 포기해야 했다. 반대로 하이드와 운명을 같이한다면 수많은 이익과 야망을 포기하고 단번에 그리고 영원히 사람들의 경멸을 받으며 친구 하나 없이 지내야 했다. 거래는 부당해 보일지 모르겠지만 아직 고려해야 할 사항이 남아 있었다. 지킬은 금욕의 불 속에서 쓰디쓴 고통을 느끼겠지만 하이드는 자신이 잃은 것에 대해 의식조차 하지 못할 것이기 때문이었다. 내 상황이 이상하긴 하지만 이 논쟁의 조건들은 인류의 역사만큼이나 오래되고 진부하다. 자극과 불안은 유혹을 받아 흔들리는 죄인에게 똑같이 운명의 주사위를 던진다. 수많은 사람들처럼 나 역시 더 선한 자아를 선택했지만 그것을 지켜 낼 힘이 부족한 것으로 드러났다.

그렇다. 나는 불만 많은 초로(初老)의 박사를 선택했다. 주위에 친구들을 두고 정직한 희망을 간직해 나가기로 했다. 그리하여 하이드로 변신하여 누려 온 자유와 젊음, 가벼운 발걸음, 고동치는 맥박과 은밀한 쾌락에 단호하게 이별을 고했다. 아마 나도 모르게 주저하는 마음으로 이 선택을 내렸던 듯싶다. 소호의 집도 포기하지 않고 에드워드 하이드의 옷도 서재에 그대로 보관해 두었으니 말이다. 하지만 두 달 동안만큼은 내 결정에 충실했다. 그 기간 동안 어느 때보다도 엄격한 생활을 했다. 그 덕에 만족스러울 정도로 양심적 보상도 누렸다. 그러나 결국 시간은 그 신선했던 경각심을 지워 버리기 시작했다. 양심에 대한 찬사도 당연한 일로 여겨지면서 나는 자유를 찾아 발버둥 치던 하이드처럼 고민과 갈망에 시달리기 시작했다. 그리고 결국 도덕적으로 약해진 어느 순간 나는 또다시 변신의 약을 만들어 마셔 버렸다.

주정뱅이가 자신의 나쁜 행동에 대해 설명하면서 몸이 짐승처럼 무뎌지는 위험 때문에 그랬다고 말하는 경우는 5백 분의 1 정도에 불과하다. 나 역시 내 상황을 오래도록 생각해 왔지만 에드워드 하이드의 특징인 철저한 도덕적 무감각과 악행에 대한 무분별한 탐닉을 충분히 고려하지 않았다. 내가 벌을 받은 것은 바로 그 때문이었다. 오래도록 우리에 갇혀 있던 나의 악마성이 포효하며 뛰쳐나왔다. 약을 들이켤 때조차 악의 근성이 더욱더 걷잡을 수 없고 격렬해지고 있음을 느낄 수 있었다. 불행하게 희생된 댄버스 경의 점잖은 말씨를 듣고 있을 때 내 영혼에 폭풍우처럼 조바심이 휘몰아친 것도 바로 이것 때문이었을 것이다. 신 앞에서 단언하자면, 도덕적인 사람은 그렇게 사소한 자극에 그런 끔찍한 범죄를 저지를 수 없는 법이다. 나는 아픈 아이가 장난감을 망가뜨릴 때처럼 이성을 잃은 상태로 상대를 때렸다. 아무리 악한 사람이라도 어느 정도는 본능적인 균형 감각으로 유혹을 꿋꿋이 견뎌 낸다. 하지만 나는 자발적으로 이것을 모두 벗어던졌다. 그러므로 나는 아무리 사소하더라도 유혹을 받으면 곧 그것에 넘어가고 말았다.

지옥의 유령이 즉각 내 안에서 깨어나 미쳐 날뛰었다. 기뻐서 넋을 잃은 나는 저항도 못하는 그의 몸을 난폭하게 다루었다. 한 대 한 대 때릴 때마다 쾌감을 맛보았다. 무아지경 상태에 도달한 순간 피로감이 몰려들기 시작했고 갑작스레 차가운 공포감이 내 가슴을 때렸다. 안개가 걷혔다. 내 인생이 끝났음을 깨달은 나는 그 무절제의 현장에서 달아났다. 한편으론 득의만만해하며 다른 한편으론 두려움에 떨면서도 악에 대한 나의 갈망은 충족되고 또 고무되었다. 삶에 대한 애착은 최고조에 이르렀다. 나는 소호의 집으로 달려가 (안전을 더욱 확고히 하기 위해) 모든 서류를 없애 버렸다. 그리고 나서 가로등이 켜진 거리를 돌아다녔다. 황홀경(恍惚境)에 빠진 내 마음은 양분되어 있었다. 내가 저지른 범죄에 흡족해하며 앞으로의 범죄를 가벼운 마음으로 궁리하면서도 보복을 위해 쫓아오는 사람이 있을까 봐 발걸음을 재촉하고 귀를 쫑긋 세웠다. 하이드는 노래를 부르며 약을 섞은 후 죽은 자를 위해 건배하고 그것을 들이켰다. 몸이 찢어질 듯한 변신의 고통이 끝나자마자 헨리 지킬은 감사와 후회의 눈물을 흘리며 신 앞에 무릎을 꿇고 두 손을 모아 들어 올렸다. 머리에서 발끝까지 덮여 있던 방종의 장막이 찢겨 나가자 내 인생이 한눈에 보였다. 아버지 손을 잡고 산책하던 어린 시절부터 시작하여 내 몸을 아끼지 않았던 의사로서 살던 때 그리고 그날 저녁의 저주받은 공포와 비현실적인 느낌이 반복해서 떠올랐다. 할 수만 있다면 목청껏 소리치고 싶었다. 내 기억 속에 몰려드는 그 끔찍한 모습과 소리들을 눈물과

기도로 억누르려 애썼다. 하지만 간절히 기도하는 사이에도 내 사악함의 추한 얼굴이 영혼을 응시하고 있었다. 이 절실한 후회가 서서히 사라지자 또다시 환희가 밀려왔다. 이제 내 행위로 인한 문제는 해결되었다. 이후부터 하이드는 존재할 수 없었다. 나는 원하든 원하지 않든 이제 더 선한 자아로만 살아가야 했다. 오, 그 생각만으로도 얼마나 기뻐했던가! 자연적인 삶의 구속을 겸허하고도 기쁘게 받아들였다! 그리고 정말 포기하는 마음으로 그토록 자주 들락거리던 문을 잠그고 발로 열쇠를 짓밟아 버렸다!

다음 날 이 살인 사건에 목격자가 있고 그것이 하이드의 범죄임이 너무나도 명백했으며 희생자가 사회적으로 높은 평가를 받던 사람이라는 소식이 들려왔다. 단순한 범죄가 아니라 더없이 비극적인 일이었고 어리석은 짓이었다. 나는 그 사실을 알고 기뻐했다. 교수대에 설지도 모른다는 두려움 때문에 내 선한 자아의 충동이 버텨지고 보호받게 될 거라는 생각이 들어서 그러했던 듯싶다. 이제 지킬은 나의 도피처가 되었다. 하이드가 잠깐이라도 모습을 드러내면 그를 잡아 처형하기 위해 세상 사람들 모두가 나설 테니까.

나는 앞으로의 행동으로 과거의 잘못을 만회하기로 했다. 솔직히 말해서 내 결심은 어느 정도 성과가 있었다. 어터슨도 지난해 마지막 몇 달 동안 내가 고통받는 사람들을 돕기 위해 부단히 애썼고, 타인을 위해서 많은 일을 했다는 사실을 알 것이다. 나 자신도 하루하루 행복을 느낄 정도로 시간은 조용히 흘러갔다. 이렇게 사람들에게 무언가를 베풀고 선량하게 사는 삶이 지겨웠다는 얘기가 아니다. 대신 나는 매일매일 그 생활을 철저히 즐겼다고 할 수 있었다. 하지만 나는 여전히 이중의 목적에 시달리고 있었다. 내 참회의 칼날이 무디어지자 그토록 오랫동안 제멋대로 굴다가 최근에 몸이 묶인 내 사악한 자아가 방종을 갈구하며 꿈틀대기 시작했다. 하이드를 다시 살려 내겠다는 꿈은 꾸지도 않았다. 그 생각만 해도 놀라서 미칠 지경이었으니까. 그런데 다시 한번 양심을 희롱하고자 하는 유혹을 느낀 이는 바로 지킬이었다. 결국 나는 남몰래 죄를 저지르는 평범한 사람으로서 유혹의 공격에 무너지고 말았다.

　모든 일에는 끝이 있기 마련이다. 아무리 큰 그릇도 결국에는 채워진다. 잠시나마 사악함에 몸을 낮췄던 것이 내 영혼의 균형을 파괴하고 말았다. 그런데도 나는 두렵지 않았다. 타락은 약을 발견하기 전의 그 시절로 돌아간 것처럼 자연스럽게 느껴질 뿐이었다. 1월의 맑고 청명한 어느 날이었다. 서리가 녹아 땅은 질었지만 하늘에는 구름 한 점 없었다. 리젠트 공원은 겨울새들이 지저귀는 소리와 달콤한 봄 향기로 가득했다. 나는 햇볕을 받으며 벤치에 앉아 있었다. 내 안의 짐승이 조각난 기억을 핥는 사이에 정신적 자아가 느슨해졌는지 추후의 참회를 약속하면서도 움직일 기미를 보이지 않았다. 어쨌든 나는 여느 사람들과 다를 게 없다고 생각했다. 나 자신과 그들을 비교했다. 나의 적극적인 선의와 그들의 무관심이 보여 주는 나태한 잔인함을 견주어 보니 웃음이 나왔다. 그런 자만심 넘치는 생각에 빠져 있던 그 순간 멀미 같은 게 느껴졌다. 진저리 나는 욕지기가 치밀고 몸서리쳐지는 경련이 일었다. 그 증세가 사라지고 나서 나는 그만 그 자리에서 기절하고 말았다. 그리고 다시 의식이 돌아올 때쯤 내 사고가 달라진 사실을 느꼈다. 더욱더 대담해지고 위험 따위는 신경 쓰지 않으며 의무감도 벗어던진 듯했다. 그때 나는 아래쪽을 내려다보았다. 내 옷이 줄어든 사지에 볼품없이 매달려 있었고 무릎 위에 놓인 손은 울퉁불퉁하고 털이 많이 난 상태였다. 나는 다시 한번 에드워드 하이드가 되어 있었다. 조금 전만 해도 나는 모든 사람들의 존경과 사랑을 받는 부자이자 명사(名士)였다. 내 집 식당에는 나를 위해 준비된 식탁도 있었다. 그런데 지금은 교수대에 매달릴 예정인 살인자로 세상 사람들의 사냥감이 된 채 집도 없이 쫓기는 신세가 되어 버렸다.

판단력이 흔들렸지만 완전히 무너진 건 아니었다. 여러 번 경험한 바로는 두 번째 자아로 변신했을 때 내 신체 기능이 더욱 예리해지고 생각도 더 유연해지는 것 같았다. 그래서 지킬이었다면 무너졌을 상황에 하이드는 순간적으로 중요한 능력을 발휘했다. 내 약은 서재 찬장에 있었다. 그렇다면 어떻게 그것들을 손에 넣지? 나는 (손으로 관자놀이를 눌러 가며) 그 문제를 스스로 해결하려고 했다. 실험실 문은 내가 잠그고 나왔다. 집을 통해 서재로 들어가면 하인들이 나를 교수대로 넘길 것이다. 결국 다른 사람의 손을 빌려야 했는데 그때 래니언이 생각났다. 그런데 그 친구에게 어떻게 접근하지? 설득은 어떻게 하지? 내가 길거리에서 체포되지 않는다고 해도 그 친구 앞에 어떻게 나타나지? 게다가 불쾌한 인상을 줄 게 뻔한 생면부지의 방문자가 어떻게 그 유명한 의사를 설득하여 친구인 지킬 박사의 서재를 뒤지게 만들 수 있단 말인가? 그때 문득 내게 지킬 박사의 특징 하나가 남아 있다는 사실이 기억났다. 바로 필체였다. 그렇다. 직접 편지를 쓰면 되는 것이었다. 그 기발한 생각을 해내자 그다음부터 무엇을 해야 할지가 일사천리로 생각났다.

곧이어 나는 옷매무새를 최대한 매만지고 지나가는 마부를 불러 우연히 기억해 낸 포틀랜드 거리의 호텔로 향했다. 내 모습을 본 마부는 터져 나오는 웃음을 감추지 못했다. (이 옷에 가려진 운명이야 너무나도 비극적이었지만 겉모습 자체는 우스꽝스러웠을 것이다.) 마부를 향해 이를 갈며 악마처럼 격분했더니 그의 얼굴에서 웃음기가 사라졌다. 그에게는 다행스러운 일이었다. 그리고 나에게는 더더욱 다행스러운 일이었다. 다른 때였다면 그자를 마부석에서 끌어내렸을 게 분명했기 때문이었다. 호텔에 들어가면서 나는 종업원들이 덜덜 떨 정도로 무시무시한 표정을 짓고 주위를 둘러봤다. 그들은 내 앞에서 눈길도 제대로 교환하지 못했다. 그저 바짝 태도를 낮춰 내 지시를 따를 뿐이었고 내게 독방을 내어 주며 필기도구도 가져다주었다. 생명이 위험해진 하이드는 내게도 새로운 존재였다. 그는 주체할 수 없는 분노에 몸을 떨었고 살인을 저지를 수도 있을 정도로 흥분해 있었으며 폭력을 행사하고 싶어 어쩔 줄을 몰라 했다. 하지만 한편으로 그자는 빈틈이 없었다. 그는 엄청난 의지로 분노를 억누르면서 두 장의 중요한 편지를 작성했다. 한 통은 래니언에게, 다른 한 통은 풀에게 보내는 편지였다. 그리고 제대로 전달되었는지를 확실하게 알기 위해 등기로 부치라는 지시도 함께 내렸다.

그때부터 하이드는 하루 종일 손톱을 물어뜯으며 독방의 난롯가에 앉아 있었다. 그는 홀로 두려움에 떨면서 식사도 방에서 했다. 종업원은 그의 눈빛만으로도 겁을 먹는 게 분명해 보였다. 그리고 날이 완전히 어두워지자 그는 사방을 전부 가린 마차 안에 숨어 도시의 거리를 이곳저곳 다녔다. 내가 '그'라고 하는 이유는 차마 '나'라고 할 수 없어서이다. 그 지옥의 아들에게 인간적인 면이라고는 눈곱만큼도 없었다. 그의 내면에는 두려움과 증오만이 살고 있었다. 그리고 마침내 마부가 의심을 품기 시작했다는 판단이 들자 그는 마차에서 내려 대범하게도 밤길을 나선 사람들 사이로 걷기 시작했다. 잘 맞지 않는 옷을 입은 탓에 지나가는 사람들의 시선을 끌기 십상이었다. 그의 내면에서 두 가지의 저급한 열정들이 광풍처럼 몰아쳤다. 두려움에 쫓기듯 그는 빠른 걸음으로 걸었다. 혼잣말을 하면서 인적이 드문 거리로 숨어든 후 자정이 될 때까지 시간이 얼마나 남았는지 계산했다. 한번은 어떤 여자가 성냥갑 같은 것을 내밀며 그에게 말을 걸었다. 하지만 그가 그녀의 **뺨**을 때렸고 그 여자는 달아나 버렸다.

래니언의 집에서 내 모습으로 돌아왔을 때, 그게 뭔지 설명할 수 없지만 내 오랜 친구의 공포가 나에게 무언가 영향을 미친 것 같았다. 하지만 그의 두려움은 내가 그동안의 시간들을 되돌아보며 느낀 혐오감에 비하면 바다에 떨어진 물 한 방울에 지나지 않았다. 내게 변화가 생겼다. 더 이상 교수대의 두려움은 문제가 아니었다. 나를 지독하게 괴롭히는 건 바로 하이드가 되는 두려움이었다. 래니언의 비난이 꿈결에서 들리는 듯했다. 그리고 내 집에 돌아와 잠자리에 들 때도 꿈속처럼 느껴졌다. 너무 피곤한 상태에서 잠들었던 터라 고통스러운 악몽조차 끼어들 수 없을 정도로 깊이 잠을 잤다. 아침에 일어났을 때도 몸이 떨리고 쇠약해진 느낌이었지만 기분만은 상쾌했다. 그 짐승 같은 놈이 내 안에서 함께 잠을 잤다는 생각에 혐오감과 두려움이 일었다. 물론 그 전날의 오싹한 위험도 잊지 않았다. 그래도 어쨌든 나는 다시 집으로 돌아왔고 약은 가까이에 있었다. 위험에서 탈출했다는 감사의 마음이 너무나도 강해서 희망의 밝은 빛에도 견줄 수 있을 정도였다.

아침 식사를 마친 뒤 느긋하게 안마당을 걸으며 즐거운 마음으로 시원한 아침 공기를 들이마셨다. 그런데 그때 변화를 예고하는, 설명하기 힘든 느낌이 또다시 나를 휘감았다. 간신히 서재로 몸을 피할 시간은 있었다. 나는 다시 하이드로 바뀌어 그의 열정에 따라서 미쳐 날뛰다 멈추기를 반복하고 있었다. 이런 경우에 나 자신으로 돌아가려면 약을 두 배로 먹어야만 했다. 그런데 이런! 그로부터 여섯 시간이 지난 뒤 난롯가에 우울하게 앉아 있는데 또다시 통증이 심해지는 바람에 약을 다시 조제해야 했다. 한마디로 말해, 그날 이후 정신 훈련에 가까운 노력을 기울이

거나 즉각적으로 약을 투여해야만 지킬의 모습을 유지할 수 있었다는 것
이다. 밤낮을 가리지 않고 변신을 알리는 경련이 찾아왔다. 무엇보다 잠
이 들거나 심지어 의자에 앉아 잠깐 조는 경우에도 깨어 보면 항상 하이
드로 바뀌어 있었다. 이렇게 지속적으로 찾아오는 운명의 긴장감 속에서
그리고 인간이라면 견딜 수 없을 정도라고 판단되는 불면증 속에서 나는
지킬로 있을 때도 열병에 시달리다 기진맥진한 상태가 되었고 심신은 점
점 쇠약해져 갔다. 게다가 내 머릿속은 온통 다른 자아에 대한 공포로 가
득 차 있었다. 하지만 잠을 잘 때나 약효가 떨어질 때면 이젠 거의 아무
런 변화도 없이(변신의 고통도 나날이 약해져 갔다.) 곧바로 공포의 이
미지로 가득 찬 환영에 사로잡히고 말았다. 영혼은 이유 없는 증오로 들
끓었고 육체는 그 맹렬한 삶의 기운을 감당해 낼 만큼 강하지 못했다. 하
이드의 힘은 지킬이 쇠약해짐에 따라 점점 더 강해진 것 같았다. 이제는
그 둘을 구분 지어 주던 증오심도 양쪽 모두에게 똑같이 나타나는 게 분
명했다. 지킬에게 증오는 생명을 이어 가는 데에 꼭 필요한 본능이었다.
이제 지킬은 자신과 의식의 일부를 공유하며 죽음도 함께 물려받을 그자
가 완전한 불구임을 알았다. 이러한 공존의 고리 때문에 그는 매우 고통
스러워했다. 지킬은 하이드의 생명력이 대단하다고 해도 그가 지옥과도
같은 무시무시한 존재일 뿐 아니라 생물로서의 구조를 지니지 못한 무생
물이라고 생각했다. 이는 충격적인 사실이었다. 지옥 구덩이 속의 진흙
이 비명을 지르고 고함을 치는 것 같았고 형체 없는 먼지가 몸짓으로 죄
를 범한 듯했다. 죽어서 형체도 없는 것이 삶의 공간을 강탈하려고 했다.
게다가 그 반역적인 공포가 아내보다도 눈보다도 더 가까이 그에게 달라
붙어 있었다. 그는 자신의 육신 안에 갇힌 그놈이 으르렁거리면서 세상
에 나오려고 꿈틀거리는 것을 느꼈다. 그놈은 지킬이 약해지고 잠이 들

때마다 그를 압도하여 생명을 앗아 갔다. 지킬에 대한 하이드의 증오는 차원이 다른 감정이었다. 하이드는 교수대에 대한 공포로 인해 일시적인 자살을 반복하다가 결국에는 하나의 인간이 아니라 종속된 일부분의 상태로 돌아가곤 했다. 하지만 그는 그런 숙명을 혐오했다. 그는 낙담에 빠진 지킬의 상태도 마음에 들어 하지 않았으며 자신이 그렇게 미움을 받는다는 사실에 분노했다. 그래서 하이드는 나에게 원숭이 같은 잔꾀를 부렸다. 내 책에 내 필체로 신을 모독하는 글을 휘갈겨 적기도 하고 편지를 태우기도 했으며 아버지의 초상화를 망가뜨리기도 했다. 실제로 그자가 죽음을 두려워하지 않았다면 나를 파멸시키기 위해 오래전에 스스로를 해쳤을 것이다. 그러나 삶에 대한 하이드의 애착은 놀라웠다. 자세히 설명하면 이렇다. 그자를 생각하는 것만으로도 나는 진저리가 나고 몸이 얼어붙었다. 하지만 그자가 가진 삶에 대한 애착의 비참함과 열정을 떠올려 보면 또는 자살을 통해 자신을 떼어 버릴까 봐 무척이나 두려워한 점을 생각해 보면 마음속으로 하이드가 불쌍하다고 느껴졌다.

이 설명을 계속해 봤자 소용이 없다. 이제는 시간도 내 편이 아니다. 어느 누구도 그런 고통을 겪지 않았으리라는 말로 충분할 듯하다. 게다가 습관은 고통을 덜어 주지 않고 영혼을 무감각하게 만들었다. 말하자면 절망에 순응한 셈이다. 나의 얼굴과 본성까지 빼앗아 간 최후의 재앙이 아니었다면 이런 형벌은 여러 해 동안 지속될 수도 있었을 것이다. 처음 실험한 날 이후로 한 번도 보충해 두지 않은 소금이 바닥나기 시작했다. 사람을 보내 새로 소금을 공급받아 약에 섞었다. 비등(沸騰)이 생기고 첫 번째 변색이 뒤따랐지만 두 번째 변화가 발생하지 않았다. 일단 그것을 마셔 봤지만 아무런 효과가 없었다. 내가 런던을 이 잡듯 뒤졌다는 얘기는 풀에게 들어서 알고 있을 것이다. 하지만 소용이 없었다. 처음 사들인 소금에 불순물이 섞여 있었고 변신의 효과를 일으킨 요인이 바로 그 미지의 불순물이었다는 생각이 지금에서야 들었다.

그리고 한 주 정도가 지났다. 지금 나는 남아 있던 마지막 약을 마시고 이 글을 마무리하고 있다. 기적이 일어나지 않는 한 헨리 지킬이 스스로 생각할 수 있고 거울에 비친 자기 얼굴(얼마나 불쌍하게 변했는가!)을 볼 수 있는 때는 지금이 마지막일 것이다. 그리고 이제는 이 글을 끝내는 일을 오래도록 미뤄서도 안 된다. 지금까지 이 글이 파기되지 않은 것은 대단한 신중함과 엄청난 운이 함께한 덕분이기 때문이다. 이 글을 쓰고 있는 도중에 다시 변화의 고통이 나를 덮친다면 하이드가 이 편지를 갈기갈기 찢어 버릴 것이다. 하지만 편지를 감춰 둔 뒤에 시간이 조금 흐른다면 하이드의 놀라운 이기심과 순간에만 몰두하는 성향 탓에 이 편지는 원숭이 같은 그의 심술로부터 다시 한번 살아남을 것이다. 지금 우리 둘에게 다가오고 있는 그 죽음의 운명은 이미 그를 변화시키고 망가뜨렸다. 지금으로부터 30분 후 내가 다시 그리고 영원히 그 끔찍한 인간으로 변하게 된다면 나는 의자에 앉아 온몸을 떨며 울고 있을 것이다. 그게 아니면 극도의 긴장과 두려움에 정신이 몽롱해진 채 (내 마지막 은신처인) 이 방을 왔다 갔다 하면서 무슨 위협적인 소리가 들리지 않나 귀를 기울이고 있을 것이다. 하이드는 교수대에서 죽을까? 아니면 마지막 순간에 용기를 내어 스스로 고통에서 벗어날까? 그건 아무도 모른다. 그리고 나는 개의치 않는다. 지금은 내가 죽을 시간이다. 이후의 일은 내가 아닌 하이드의 문제이다. 이제 나는 펜을 내려놓고 이 고백의 글을 봉인한 후 불행한 헨리 지킬로의 생을 마감하려 한다.

해설편

▌로버트 루이스 스티븐슨
로버트 루이스 스티븐슨은 자유로운 보헤미안적 기질을 가진 이야기꾼으로, 〈보물섬〉, 〈지킬 박사와 하이드〉, 〈마크
하임〉 등을 집필한 작가이다.

102 _지킬 박사와 하이드

빛과 그림자가 자아내는
인간의 기이한 형상

"나는 생각할 줄 아는 모든 인간의 마음에 때때로 침입하여 내면을 압도하는 이중적 존재에 대한 이야기를 쓰기 위해, 그리고 이 주제를 담을 매개체를 찾기 위해 오랜 시간 노력했다."
— 로버트 루이스 스티븐슨, 〈꿈에 관하여〉

"꽤 괜찮은 그리고 무서운 꿈을 꿨어(I was dreaming a fine bogey tale.)."라는 말과 함께 일어난 로버트 루이스 스티븐슨은 그날부터 집필을 시작하여 며칠 만에 작품 하나를 써냈다. 그것은 바로 《지킬 박사와 하이드의 기이한 사례》[1]였다. 이 작품은 6개월 만에 영국에서 40만 부 이상의 판매고를 올리며 1885년 당시 경제적 어려움을 겪고 있던 스티븐슨에게 큰 성공을 안겨 준다. 빅토리아 시대[2]의 영국인들을 매료시킨 이 작품의 그 무엇이 현대에 와서도 뮤지컬, 영화, 드라마 등 다양한 매체를 통해 끊임없이 재해석되는 생명력을 가지게 하는지에 대한 실마리는 위에 인용한 스티븐슨 글에서 찾아볼 수 있다.

《지킬 박사와 하이드》 속에서 하이드를 목격한 자들의 기억에 오래 남아 있는 '기형(奇形)'의 느낌은 지킬 박사가 고백하기를, 자신이 태생적

---

1) Strange Case of Dr. Jekyll and Mr. Hyde. 《지킬 박사와 하이드》의 원제는 '지킬 박사와 하이드의 기이한 사례'이다.
2) Victorian era. 1837년부터 1901년까지 빅토리아 여왕이 영국을 통치하던 시기를 말한다. 이 시기에 영국은 산업혁명을 비롯하여 사회·문화적으로 뛰어난 발전을 이룩하였다.

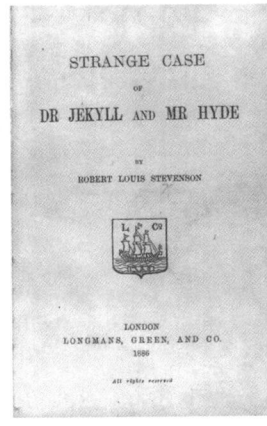

《지킬 박사와 하이드》 초판 (1886)

으로 이미 가지고 있던 그 림자와 같은 것이었다. 그 리고 이러한 양면성은 《지 킬 박사와 하이드》에서 지 킬이라는 등장인물 개인의 문제로 끝나지 않고 한 단 계 나아가 인간의 보편적 문제인 자아의 괴리를 적 나라하게 보여 준다. 더 자 세히 말하자면 이성적 사고와 과학적 분석 그리고 당시 엘리트 계층으로 부터 내려오는 규율과 규범을 통해 인간은 '바람직한(proper)' 삶을 살아 갈 수 있다는 믿음을 바탕으로 당대 사회의 틀을 굳건히 다지고자 했던 빅토리아 시대가 품고 있던 어두운 이면을 《지킬 박사와 하이드》가 잘 보여 주고 있는 것이다.

1850년 11월 13일 스코틀랜드에서 태어난 로버트 루이스 스티븐슨은 어렸을 때부터 몸이 약했다. 그는 젊은 시절 부모의 권위에 반발하며 본 인을 무신론자(無神論者)라고 주장하는 등 기존 체제에 큰 의문을 품은 사람이었다. 스티븐슨은 공과대학에 들어가기도 했고 변호사를 위한 공 부도 했지만 그것들에 그다지 흥미를 느끼지 못했다. 그런 그의 흥미를 끈 것은 이야기였으며 그는 작가로서의 능력 또한 갖춘 사람이었다. 상 업적으로 외면받은 작품도 있었지만 스티븐슨의 작품들 대다수는 당시 의 대중에게 큰 사랑을 받았고, 후대까지 그 이름을 남겼다.

그는 자신의 아내가 되는 패니 오즈번(Fanny Osbourne, 1840~1914)을 열렬 하게 사랑한 것으로도 유명하다. 그녀는 스티븐슨의 집필 작업에 있어서 가장 중요한 동반자이자 반려자였으며 그의 죽음까지 함께했다. 그녀는 스티븐슨이 건강상 요양을 위해 미국과 유럽을 오가는 과정을 쭉 지켜보았고, 인간의 본질을 다루고자 하는 그의 집필 활동을 끝까지 응원했다. 《지킬 박사와 하이드》도 스티븐슨의 원고를 읽은 패니가 당시 유행했던 선정 소설[3]과 같은 흔한 글이라며 냉랭한 반응을 보이자 전부 불태우고 인간의 선(善)과 악(惡)에 대한 알레고리[4] 형식으로 다시 쓴 작품이다.

　스티븐슨은 대중의 요구와 시대의 변화에 예민한 작가였다. 당시 대중이 궁금해하고 읽고 싶어 하는 소재들과 시대가 가진 문제점들에 대해 자신이 쓰고자 하는 이야기를 접목시켜 세상에 선보였던 솜씨는 《보물섬》과 《지킬 박사와 하이드》에서 유감없이 드러난다. 1894년에 사망한 스티븐슨은 20세기가 가져온 변화들을 보지 못한 채 죽었지만, 《지킬 박사와 하이드》는 빅토리아 시대의 사회적 배경이 만들어 낸 우화(寓話)로 해석될 뿐만이 아니라 현대에 와서도 인간을 조명하는 작품으로 인정받고 있다.

　작가 스티븐슨과 빅토리아 시대를 이해하여 《지킬 박사와 하이드》를 읽기 위해서는 그 시대의 영국, 그중에서도 런던과 당시의 그곳 사람들이 자신들이 살던 시대의 영향을 어떻게 받았는지 잠시 살펴볼 필요가 있다. 빅토리아 시대는 영국이 '해가 지지 않는 나라(The empire on which the sun never sets)'로 불릴 정도로 산업혁명과 식민지 개척으로 막대한 부를 얻은 때였다. 제임스 와트(James Watt, 1736~1819)의 증기 기

---

3) sensational novel. 1860년대부터 1870년대까지 영국에서 대중적인 인기를 얻었던 문학 장르로, 여기에 속하는 작품들은 괴기스럽고 낭만적인 분위기를 풍긴다.
4) allegory. 알레고리는 무언가 다른 것을 말한다는 의미의 그리스어 알레고리아(allegoria)가 그 어원이며, 어떤 주제를 말하기 위하여 다른 주제를 사용하며 그 유사성을 적절히 암시하여 주제를 나타내는 문학의 수사법(修辭法)이다.

관을 토대로 조지 스티븐슨(George Stephenson, 1781~1848)이 증기 기관차를 발명하는 등 기술적 혁신을 거듭했다. 또한 도시가 급속도로 팽창하면서 선거 제도의 개혁이 일어났고 부르주아 계층이 급격하게 늘어났다. 하지만 그와 동시에 노동자들의 착취와 식민지의 고통이라는 이면이 공존했던 시기였다. 그럼에도 영국은 이를 토대로 생긴 아동 노동 착취와 극심한 빈부 격차 같은, 사회·경제적 변화가 남긴 그림자를 외면하며 '대영 제국'으로서 자국을 포장해 나갔다. 한편 교통의 발전과 출판업의 대중화는 이야기가 대중에게 쉽게 전달되도록 만들었고, 작가가 오로지 글만 써도 돈을 벌 수 있는 환경을 조성했다. 그에 따라 소설이라는 장르가 부상했으며 당시에 행해지던 관습이나 사람들이 가졌던 특징과 관심사가 소설을 통해 재해석되는 경우가 생겨났다. 빅토리아 시대의 작품인 《지킬 박사와 하이드》는 이러한 시대의 특징과 관심사를 잘 반영하고 있다. 스티븐슨은 새롭게 부상한 중산층이 추구했던 가치관을 녹여 내어 작품을 써냈으며, 결과적으로 인간이 내면의 빛과 그림자를 이분법적으로 나누고자 노력했던 모습을 여과 없이 보여 주었다.

작품 속에는 인간은 이성적인 사고가 가능하다는 당시의 믿음이 어떠한 가치관을 도출하는지가 반영되어 있다. 이 믿음은 남성의 신사다움과 여성의 순결을 강조하며, 순수하고 이상적인 인간상을 추구하도록 만들었다. 이러한 사고는 진화하여 순수한 선(善)과 순수한 악(惡)이 존재할 수 있다고 믿게 했으며, 영국 사회를 병들게 하던 많은 문제들을 특정한 계층 혹은 인물로 대상화하여 도려낼 수 있는 명분과 사회화(社會化)[5]된 인간이 사회 안에서 생존할 수 있는 지침이 되었다. 그리고 이러한 가치

---

5) socialization. 인간이 사회에서 요구하는 규범 등을 익히는 과정을 말한다.

관은 작품 속에서 어렵지 않게 찾을 수 있다. 이분법적 대립항으로 인간의 자아를 나누고자 하는 지킬의 시도가 잘못된 것임을 인지하는 현대에도 그리고 한국에서도 이 작품이 읽히는 이유는《지킬 박사와 하이드》를 통해 하고 싶은 이야기가 19세기 빅토리아 시대에 국한되는 주제가 아니기 때문이다.

스티븐슨은 내면의 '인간다움'이 무엇인지를 탐구했고, 그 생각을 19세기 영국에서 출판된 문학 작품 중에서 가장 흥미로운 서사에 담았다. 사회화된 인간, 다시 말하면 사회에서 인정받는 인간에게서 야만적이고 짐승적이며 추악한 본능을 떼어 놓고자 했던 지킬의 실험은 결국 그의 자멸을 초래했다는 것을 확인시켜 준다. 그가 일으킨 일련의 사건들이 보여 주는 인간의 다중성에 대한 메시지는 지금까지도 다양한 매체를 통해 변주되고 있다.《지킬 박사와 하이드》는 인간의 이중성이라는 주제를 그려 내면서 지금까지 수많은 평론가와 심리학자가 이야기하듯 결국 인간의 자아는 대립항으로 분리될 수 없음을 보여 준다. 어느 날 지킬이 의도치 않게 하이드로 변하고 마는 모습이 시사하는 바와 같이 이성과 감성, 선과 악, 빛과 그림자와 같은 대립항들을 구분 짓고 나누려고 할수록 인간은 스스로를 파멸의 길로 이끌 뿐이다. 내가 보기 싫은 모습도 나의 모습이며, '나'라고 인정하고 싶지 않은 부분들과 내가 누군지 의문이 드는 지점들이 던지는 인간에 대한 문제의식은 현재까지 유효하다. 독자는 오히려 더 큰 질문을 제기하는 지킬의 고백이 끝나는 순간, 지킬과 하이드의 경계선 위에 서 있던 애매한 존재가 죽음으로써 실패하고 만 발자취에서 스티븐슨이 하고자 했던 말을 읽어 낼 수 있다.

I. 이야기꾼으로서의 스티븐슨

〈지킬 박사와 하이드〉 영화 포스터
1920년에 J. 찰스 헤이던(J. Charles Haydon, 1875~1943) 감독에 의해 공포 영화로 재구성되었다.

스티븐슨이 탐구하고자 했던 인간의 이중성과 그에 대한 여러 갈래를 살펴보기 이전에, 수많은 파생 작품을 양산해 내면서도 스티븐슨의 원작이 잊히지 않은 이유 중 하나를 잠시 살펴볼 필요가 있다. 그 이유는 아주 단순하지만《지킬 박사와 하이드》가 지금까지 인간의 심리에 대한 걸작으로 평가되는 부분과 직결되기 때문이다.

《지킬 박사와 하이드》는 지금까지도 많은 독자들에게 흥미를 유발하는, 매우 특출난 작품이다. 《지킬 박사와 하이드》가 출간되기 3년 전인 1883년에《보물섬》으로 대중에게 이름을 알렸던 스티븐슨은 뛰어난 이야기꾼이었다. 그가 남긴 다수의 작품들이 증명하고 있듯이, 스티븐슨은 자신이 쓰고자 한 이야기 안에 독자의 호기심을 충족시키고 그들이 흥미로워할 요소들을 적재적소(適材適所)에 배치하는 방법을 아는 작가였다. 《지킬 박사와 하이드》에서도 그는 작품이 시작하고 끝날 때까지 독자들의 흥미를 끊임없이 이끌어 내고 있다. 그렇다면 왜 문학사에서 《지킬 박사와 하이드》를 스티븐슨의 대표작이자 현대까지 아우르는 보편성을 가진 작품이라고 이야기하는지 작품 구조를 통해 알아보자.

《지킬 박사와 하이드》의 각 장은 짤막한 사건 혹은 장면들로 나누어져 있고, 서사 진행에 필요한 이야기들은 엔필드나 어터슨 등의 전달자를 통해 단편적으로 독자에게 전달된다. 스티븐슨의 영리함은 첫 번째 장 〈문(門) 이야기〉에서부터 드러난다. 그는 여기서 독자가 하이드에 대한 목격자의 첫인상을 토대로 그가 어린아이에게 행한 무자비한 행동과 수수께끼와 같은 100파운드짜리 수표에 대한 의문을 제기하게끔 유도하고 있다. 그리고 엔필드가 이러한 목격담을 어터슨에게 전달하는 형식을 취한다. 이러한 구조는 하이드에 대해 의문을 품은 독자가 다음 장 역시도 긴장된 상태에서 읽도록 만든다. 그리고 다음 장 〈하이드 씨를 찾아서〉에서는 지킬이 남긴 기이한 유언장의 항목들에 대해서 어터슨의 의구심을 나타내는 내용으로 바로 넘어가며, 그 이후 하이드를 찾아나서는 어터슨이 처음으로 그를 마주하게 되는 구성을 갖추고 있다. 이러한 작품의 구성은 독자들을 작품에 빠져들게 하며 스티븐슨의 이야기꾼으로서의 면모가 빛나는 부분 중 하나이다.

> "자네가 이해해 줬으면 하는 일이 있네. 사실 난 그 불쌍한 하이드에게 관심이 꽤 많아. 자네가 하이드를 본 걸 알고 있다네. 그 친구가 자넬 만났다고 하더군. 그가 무례하게 굴었을까 봐 걱정이네. 하지만 나는 진심으로 그 젊은 친구에게 관심이 많다네. 그러니 어터슨, 만약 내게 무슨 일이 생기면 그 친구를 너그럽게 대해 주고 그의 권리를 지켜 주겠다고 약속하게."
>
> – 〈너무나도 느긋한 지킬 박사〉

스티븐슨의 또 다른 역량은 깔끔하고 간결한 문장력이다. 지킬이 어터슨의 감정에 호소하며 유언장을 언급하지 말라고 부탁하는 장면에서 스티븐슨은 사회 구성원들의 인정을 받고 있는 영국의 한 신사가 가진 폭력적이고 복잡한 수수께끼를 최소한의 문장들로 풀어 내고 있다. 이런 서술법은 이야기꾼으로서의 능력을 더 돋보이게 한다.

노신사의 말을 듣고만 있던 하이드는 초조한 기색을 감추지 못하는 듯했다. 그러다 그가 갑자기 불같이 화를 내면서 발을 구르더니 이윽고는 지팡이를 휘두르기 시작했다. (중략) 그러자 하이드 씨는 완전히 이성을 잃고 노인을 때려눕혔다.
— 〈커루 살인 사건〉

또한 스티븐슨의 역량은 장면 묘사를 통해 말하고자 한 바를 명확히 드러내는 데에서 빛을 발한다. '커루 살인 사건'을 기점으로 하이드의 폭력성은 점점 더 심해지는데, 그를 지켜보는 작품 속 사람들에게 이 사건이 어떠한 방식으로도 이해될 수 없음을 강조하는 목격자의 진술은 하이드를 사회에서 완전히 배척되어야 하는 존재로 만드는 당위성을 부여한다. 선량한 시민을, 그것도 상류층 신사를 무차별적으로 공격하는 폭력성과 살인이라는 죄목은 타인의 눈에 하이드를 완전한 악인으로 비춰지게 만든다. 장면 묘사만으로도 스티븐슨은 하이드를 용납할 수 없는 사람으로 각인시키는 것이다. 그 존재가 사회적으로 추앙받는 인물이었다는, 받아들일 수 없는 사실을 목격한 래니언의 거부 반응과 먼 밖에서 바라본 지킬의 비참한 모습에 그저 탄식만 하는 어터슨의 배치는 절묘하게 맞물려 하이드의 속성을 강조한다. 더불어 이 두 명의 상반된 모습은 마지막 카타르시스를 부여하는 래니언의 기록과 지킬의 고백이 가져올 깨달음으로 연결된다.

마지막으로 《지킬 박사와 하이드》를 읽는 백미는 래니언과 지킬의 수기에서 느낄 수 있다. 래니언은 사실 그대로 하이드가 지킬로 변모하는 모습을 기록하고, 지킬은 왜 하이드가 되고 싶어 했고 어떻게 그를 여기는지에 대해 고백한다. 래니언은 불가해한 상황에 대한 호기심을 충족하기 위해 다가가다 돌이킬 수 없는 진실을 마주하게 되었고, 지킬은 자신과 하이드를 철저하게 구분하고자 노력했지만 실패했다.

바로 내 눈앞에서 창백한 얼굴을 하고 온몸을 흔드는, 마치 죽음에서 깨어
난 사람처럼 반쯤 정신을 잃은 채로 두 손으로 앞을 더듬으며 걸어 나오는
자는 다름 아닌 헨리 지킬이었다네!
                                                    – 〈래니언 박사의 이야기〉

나는 인간의 이중성을 가르고 뒤섞는 선(善)과 악(惡)의 영역이 대다수의 사
람들보다 더욱더 깊이 갈라져 있었다. 그로 인해 나는 오래도록 엄격한 삶
의 규칙을 철저하게 숙고했다.
                                                    – 〈헨리 지킬의 진술〉

  그런데 두 문서가 각자의 방식으로 작품이 던진 모든 수수께끼를 해결
해 줄 거란 예상과 달리 결국 그들의 이야기로는 이 사건의 가장 근원적
인 부분을 설명할 수 없다. 그럼으로써 이 작품은 독자들에게 생각할 여
지를 남긴다. 이러한 공백의 공간을 둠으로 독자가 자신의 생각을 바탕
으로 작품을 이해하도록 이끄는 것이다.
  《지킬 박사와 하이드》는 빅토리아 시대가 안고 있던 모순과 이를 토대
로 살아가던 개인의 삶을 송두리째 뒤집어 놓을 수 있는 수수께끼를 독
자와 등장인물들에게 선사하고, 이에 대한 완전한 해답을 한 걸음 유보
하는 거리감을 유지했다. 그렇기 때문에 스티븐슨의 《지킬 박사와 하이
드》는 출간 직후에도 베스트셀러였고 지금까지도 여러 매체를 통해 대중
문화와 장르 문학[6] 내에서 자신의 위치를 더더욱 굳건히 하고 있다. 질
문과 해답이라는 단순한 구조를 몇 번씩 비틀고 애매하게 포장함으로써
현대에서도 유효한 메시지를 현대의 독자들에게 던지고 있다.

────────────
6) 추리 소설, 공포 소설 등과 같이 특정 장르에 해당하는 소재, 주제, 양식 등에 맞추어 쓰인 작품을
말하며 이전에는 대중 문학으로도 불렸다.

II. 하이드에 대한 공포심과 그를 둘러싼 증언들

"그렇게 혐오스러운 사람은 처음이었는데 왜 그런지는 잘 모르겠습니다. 어딘가 기형인 게 분명했습니다. 정말 기괴하다고 느꼈지만 딱히 어디가 이상한지 짚어 낼 수가 없었습니다. 정말 괴이하게 생긴 사람인데 정확히 뭐가 그런지 표현할 수가 없네요."

변호사 어터슨 씨는 밝게 미소 짓는 법이 없는 엄한 인상의 사람이었다. 간혹 입을 열어도 어색하고 재미가 없었다. (중략) 하지만 그가 다른 사람들에게 너그럽다는 사실은 널리 알려져 있었다. 그는 악행에 휘말린 사람들의 고압적인 태도를 목격하면 부러운 듯한 시선을 보내며 놀라워했다. 그리고 극단적인 행동에 대해서 나무라기보다 도와주려 했다. 그는 기이한 말을 하곤 했다. "나는 카인의 이단(異端)에 마음이 끌린다네. 동생이 원한다면 악마에게도 보내줄 수 있어." 그는 이런 성격 덕분에 그는 종종 타락하는 사람들이 마지막까지 존경하는 인물 또는 그들에게 좋은 영향을 주는 인물이 되었다.
— 〈문(門) 이야기〉

하이드에 대한 증언들을 살펴보기 전에《지킬 박사와 하이드》속의 화자(話者)와 청자(聽者)의 성격에 대해 알아보자. 〈문(門) 이야기〉에서 화자는 엔필드이고 청자는 어터슨이며, 독자들은 작품 속 청자인 어터슨의 입장에서《지킬 박사와 하이드》를 감상하게 된다.

먼저 엔필드는 자신의 말이 정확하고 자신은 신중한 사람임을 강조한다. 하지만 그가 들려주는 이야기에서 하이드에 대한 내용은 두루뭉술한 의견들로 가득하다. 처음부터 끝까지 하이드와 지킬을 둘러싼 이야기를 간접적으로 독자에게 알려 주는 청자인 어터슨도 말과 행동이 모순되는 인물이다. 그렇지만 스티븐슨은 어터슨이 이 이야기를 가장 면밀하게 듣는 사람으로서 최적화된 자질을 갖추고 있다는 착각을 독자들이 할 수 있도록 그를 묘사하고 있다. '카인의 이단(異端)에 끌린다'는 태도나 '원한다면 악마에게도 보내줄 수 있어.'라는 말은 지킬이 하이드로 변하는 광경을 목도하고 나서 그 충격으로 사망하는 래니언과 달리 어터슨은 지킬의 이야기를 수용할 자세를 가지고 있다고 해석할 수 있기 때문이다.

그러나 어터슨은 지킬이 하이드를 위해 저지른 서명 위조와 지킬에 대한 래니언의 부정적 반응을 본 이후에 지킬을 회피한다. 자신의 오랜 친구인 지킬을 위하는 마음과 본능적으로 그를 피하고자 하는 마음이 뒤엉킨 가운데, 어터슨은 지킬이 사라지고 나서야 그가 마지막으로 남긴 편지를 두려워하면서도 펼쳐 본다. 독자들은 어터슨이 수수께끼를 풀 수 있는 열쇠를 손에 쥐고 있다고 생각하지만 《지킬 박사와 하이드》는 모든 문제가 해결됐다기보다는 모호하게 끝날 뿐이다. 지킬의 고백이 남기는 암시는 '선과 악을 구분 짓는 경계선이 모호하다'는 사실인데, 어터슨이 이것을 제대로 이해하지 못하리라는 추측만이 그의 침묵을 통해 독자에게 전달된다.

그렇다면 이들에 의해 《지킬 박사와 하이드》 속 하이드는 어떻게 묘사되고 있으며 그것이 어떠한 기능을 하는지 살펴보자. 하이드에 대한 첫 일화에서 엔필드는 하이드에 대한 증오와 경멸을 서슴지 않고 드러낸다. 하이드가 어린아이를 발로 짓밟는 행위는 이후에 커루 경(卿)을 지팡이로 무참히 살해하는 행위로 이어지는데 이러한 폭력성의 일면을 엔필드의 입을 통해 독자에게 소개한다. 하이드의 폭력적인 행위와 그의 외모가 항상 다른 등장인물의 눈과 입을 통해 독자에게 간접적으로 전달되는 서술 방식은 하이드에 대한 기이함과 공포심을 더욱 증폭시킨다. 공포 영화에서 괴물의 형상보다 비명을 지르는 주인공의 얼굴을 클로즈업(close-up)하는 것처럼, 인간은 상상력이 자극될수록 등장인물의 반응에 자신이 느끼는 공포심을 이입하기 때문이다.

엔필드의 감상을 시작으로 작품 끝까지 심지어 헨리 지킬조차도 하이드의 무엇이 그를 그렇게 기이하고 불쾌하게 만드는지 완전히 설명할 수 없다. 하이드에 대한 설명은 수수께끼의 답을 제공해야 하는 위치에 서 있는 문서인 〈헨리 지킬의 진술〉에서마저 불완전하다. 이렇게 빈약한 묘사와 증언은 독자들이 작품을 마음껏 상상하게 하는 효과가 있다.

엔필드와 어터슨의 대화는 그들의 성향상 지킬의 이야기가 가진 함의를 완전히 파악하지 못하는 한계를 내비친다. 그리고 이에 대한 래니언의 반응은 미지의 존재에 대한 원천적이며 극단적인 거부를 보여 준다. 그는 지킬의 행위와 하이드로의 변모를 원천적으로 수용할 수 없다. 래니언에게 '사탄에 대한 불신이 흔들릴 정도로 경이로운 일'은 참극이다. "내 삶은 뿌리까지 흔들렸어. 잠도 잘 수 없고. 나는 하루 종일 그 끔찍한 공포에 사로잡혀 있다네."라고 말한 래니언의 눈앞에 펼쳐진 광경은 그의 영혼을 병들게 한다. 래니언은 지킬 안에 하이드가 숨어 있다는 사실을 죽음으로써 거부하는 인물로, 이러한 반응은 하이드에 대한 빅토리아 시대 사람들의 반응을 대변한다고 볼 수 있다. 즉 하이드에 대한 래니언의 증언은 시대상을 반영한 결과물인 것이다.

> "이제 남은 일만 처리하면 되겠군요. 더 알고 싶은가요? 제가 가르쳐 드릴까요? 아니면 아무 말 없이 제가 이 컵을 들고 나가길 바랍니까? (중략) 박사님이 달리 선택한다면 새로운 지식으로의 길뿐만 아니라 명예와 권력으로 향하는 새 길까지도 열릴 수 있습니다. 지금 이 순간, 이 방에서 말입니다. 당신은 사탄에 대한 불신이 흔들릴 정도로 경이로운 일을 보게 될 테니까요."
> – 〈래니언 박사의 이야기〉

어터슨에게 전해지는 증언을 통해서 하이드가 지킬의 주변 인물들에게 어떤 영향을 끼치는지 알 수 있다. 래니언이 전하는 하이드의 말은 빅토리아 사회가 세워 놓은 경계선들을 허무는 힘을 가진 사람이 하이드임을 짐작해 볼 수 있게 한다. 이어서 등장하는 지킬의 변신은 선과 악의 경계선이 허물어지는 순간을 시청각적인 현상으로 보여 준다. 자신과 절친하고 같은 계층에 속해 있는 친구의 기이한 변신을 목도한 래니언에게 하이드라는 이물질이 침투한 런던은 더는 살아갈 수 없는 공간일 뿐이다. 또한 래니언이 지킬의 숨겨진 자아를 보는 것은 자신을 비추는 일그러진 거울을 보는 행위와 동일한 맥락이다. 즉 지킬의 몰락은 래니언의 몰락을 의미하며, 하이드의 폭로로 밝혀진 지킬의 이중성은 그에게 죽음이라는 영향을 끼친 것이다.

지킬 박사(Dr. Jekyll)와 하이드 씨(Mr. Hyde)는 호칭에서부터 그들을 둘러싼 사회적 시선의 차이를 알 수 있다. 알 수 없는 존재 또는 생물학적 성별인 남자(Mister)로만 주변 인물에게 인식되는 하이드와 달리, 의학 박사이자 법학 박사이며 왕립 학회 회원인 지킬은 자신이 속한 공동체 구성원의 인정을 받는 인물이다. 그리고 사회적 인정에 대한 욕구는 그뿐만이 아니라 래니언과 어터슨에게도 해당하는 사안이다. 철저하고 근본적인 인간의 이중성은 지킬이 하이드로 변한 순간 이미 경계선이 무너져 내린 상태이다. 하이드가 지킬로 돌아가고 싶어 하는 욕구와 지킬이 하이드가 되고 싶어 하는 그 찰나의 연결 고리에서 이미 선과 악의 경계는 모호해졌으며 둘 사이의 공간은 애매한 회색 지대로 남았다. 이성적 사고와 과학적 분석 그리고 하이드에 대한 애증으로 가득한 지킬의 고백과 하이드를 목격한 여러 사람의 증언들은 독자로 하여금 인간이란 무엇인지 고찰하게 만든다.

Ⅲ. 인간에 대한 흑백 논리에서 회색 지대로

> 내가 스스로 정한, 고귀한 목표 때문에 나는 거의 병적인 수치심을 느끼며
> 그 부정한 행위들을 숨겼다. 그러므로 지금의 나를 만든 것은 내 결점들 중
> 에서 특정한 어떤 결함이라기보다 성공을 향한 가혹하다 싶을 정도의 열망
> 이었다. 그리고 나는 인간의 이중성을 가르고 뒤섞는 선(善)과 악(惡)의 영
> 역이 대다수의 사람들보다 더욱더 깊이 갈라져 있었다.
>
> – 〈헨리 지킬의 진술〉

　작품의 마지막 장인 〈헨리 지킬의 진술〉에서 지킬은 자신이 사회에 내
세우고자 했던 진중한 얼굴과 그의 내면에 존재하는 방탕한 성질의 양립
이 불가능해서 느꼈던 고통부터 서술한다. 그는 병적인 수치심의 근원을
해소하고자 선과 악의 이분법적 구도를 통해 인간을 해석하고자 한다.
그것은 인간이 실제로 하나가 아니라 두 개의 자아로 이루어졌다는 사실
을 밝혀내는 행동으로 이어진다. 지킬은 "이 양극의 쌍둥이가 의식이라
는 고뇌하는 자궁에서 끊임없이 싸워야 하는" 현실의 비참함을 토로한
다. 그리고 그는 인간의 육신이 실은 그저 전쟁터에 불과하다고 진술하
며, 갈등을 해소하고 무상한 육체의 겉옷을 벗어던질 기회를 직접 만들
어 낸 약품에서 찾게 된다.

　인간의 육체가 정신의 하위 단계에 있다는 사고방식과 영혼의 초월성
을 강조하는 과학자라는 인물 설정은 과학 기술의 발전이 급변했던 19세
기 이후의 작가들이 많이 다루는 주제 중 하나였다. 하지만 스티븐슨의
《지킬 박사와 하이드》는 육체의 변화를 통해 인간의 본질을 다루고자 했
던 특이점을 가진다. 지킬은 '지인들, 오래된 친구들 심지어 자기 자신조
차 알아보지 못할 정도로 육체가 변하고 사회화 과정에서 얻은 모든 것

▌빅토리아 시대의 영국 (1909)
세인트 메리르보(St. Mary-le-bow) 교회를 배경으로 런던의 시티 지역을 동서로 가로지는 치프사이드(Cheapside)
를 찍은 사진이다.

과 자신을 규율하던 자기통제력이 사라진다면, 변화된 자신이 완전히 또다른 사람이라 여길 수 있지 않겠느냐고 자기가 처음 하이드로 변신했을 때를 회상하며 토로한다.

하지만 이러한 주장은 자신이 직접 언급한 바와 같이 가장 가능성이 높은 이야기에 불과하다. 그는 인간을 선과 악이 혼재된 존재로 인식하면서 하이드가 순수한 악의 존재임을 주장한다. 그리고 이는 지킬 본인을 선한 존재로 규정하고자 하는 시도와 맥을 같이한다. 하이드를 자신의 모든 악한 부분들을 합쳐 만든 존재로 인식해야만 지킬 박사로서 자신의 모습은 지켜지는 것이다. 과거의 헨리 지킬은 선과 악이 혼재한 인간이다. 그러나 하이드와 지킬을 분리해서 생각하는 순간 현재의 헨리 지킬에게는 하이드로 변할 수 있는 힘을 가지고 있음에도 어느 정도의 면죄부가 생긴다. 지킬이 아닌 하이드가 독단적 행동을 한다는 점에서 말이다. 게다가 그는 약을 중립적으로 보고 그 안에는 선도 악도 없음을 인지하고 있다. 그러므로 이분법적인 구도에 자신의 실험 결과에 대한 해석을 맡긴다. 하지만 이 말과 달리 지킬에게는 어느 정도 선과 악을 완전무결하게 나눌 수 있으리라는 생각이 있었던 듯하다.

> 내가 그렇게 눈감아 준 그의 악행에 대해 자세히 밝힐 생각은 없다. (지금도 내가 그 짓을 했다고 인정할 수 없기 때문이다.) 다만 나에 대한 징벌이 다가오고 있음을 알리는 경고들과 연이은 사건들에 대해서는 말할 생각이다. 사건이 하나 있었다. 크게 문제가 된 일은 아니었지만 언급은 할 생각이다. 내가 어떤 아이에게 저지른 잔인한 행동으로 지나가던 사람의 분노를 샀다. (중략) 에드워드 하이드는 그들의 너무나도 당연한 분노를 달래기 위해 결국 집까지 그들을 데려와 헨리 지킬의 이름으로 발행된 수표를 지불해야만 했다. 그러나 이로 인해 나중에 발생할 위험은 쉽게 피할 수 있었다.
> – 〈헨리 지킬의 진술〉

하이드의 악행에서 자신을 배제하면서 그것을 수습하려는 지킬의 언행은 자신의 가설과 모순된다. 죄를 지은 사람은 하이드 혼자라면서도 악행을 서둘러 만회하는 부분 등이 이러한 모순이 잘 드러나는 부분이다. 지킬의 양면성은 하이드가 지킬의 열등한 자아일 뿐임을 스스로에게 세뇌하고자 하는 움직임으로도 볼 수 있다. 또한 그는 자신이 하이드의 숙주여야 하며 언제든 돌아올 수 있는 통제력을 가져야만 사회적으로 명망 높은 지킬 박사의 얼굴을 세상에 보여 줄 수 있다는 생각을 가졌다고 볼 수 있다.

그러나 지킬은 하이드일 때 느끼는 삶의 충만함을 부정할 수 없고, 본인 스스로 그 해방감에서 오는 쾌감이 안정적인 일상이 주는 따분함을 내던지는 원동력이었음을 인정한다. 그러던 중 일어난 커루 살인 사건은 지킬이 하이드를 완전히 거부하도록 만든다. 나이되 내가 아닌 내 안의 타자(他者)가 나를 지배하는 순간이 내가 그를 거부하고자 하는 결정을 내렸을 때였다는 역설은 여러모로 생각할 여지를 남긴다.

점점 자신이 하이드에 종속되어 간다는 공포는 지킬이 본인의 자아를 유지하기 위해서 필요했던 자부심의 기반인 이성과 통제력을 상실하는 데 크게 작용한다. 자신의 의지대로 에드워드 하이드로 변신하는 것이 불가능해졌을 때, 지킬은 하이드의 정체를 안다고 여겼던 것이 가장 허황된 꿈이었다는 사실을 알게 된다. 하이드가 저지른 살인을 참회하기 위해 스스로의 행동을 규제하고자 했지만, 지킬이 하이드일 때 몸에 축적된 경험과 감정은 그가 이미 돌이킬 수 없는 길로 접어들었음을 알려주었다. 지킬과 하이드로 정확히 나눌 수 없는 인격체가 된 것이다.

스티븐슨은 이때 지킬을 '남몰래 죄를 저지르는 평범한 사람'으로 묘사함으로 누구나 지킬이 될 수 있다는 사실을 다시 한번 환기한다. 지킬의 말로(末路)를 지켜보는 독자가 느끼는 공포는 바로 이러한 묘사들에서 오는 것이다. 지킬의 약은 인간의 멈출 수 없는 호기심과 기이한 상상력 그리고 지금 나를 옭아매는 것, 즉 내가 사회에서 내재화한 가치들에서 벗어나려는 욕구가 응축된 상징물이 된다. 그리고 그 약이 야기하는 결과이자 부작용은 내가 숨기고자 한 어두운 이면이 나를 집어삼킬 수 있다는 것이다. 독자는 이에 공감하면서도 작품을 읽는 내내 나 또한 지킬이 될 수 있다고 믿게 된다.

Ⅳ. 나와 나의 그림자

친숙한 공간이 낯설게 보일 때나 거울 속에 비친 내 모습이 다른 사람처럼 느껴질 때 밀려오는 공포감을 자극하는 작품은 많다. 그중에서도 《지킬 박사와 하이드》 속 하이드가 건드리고 있는 인간의 심연은 작품 속에서 지킬의 고뇌와 언행을 통해 표출되며, 현대에도 여전히 남아 있다. 그리고 독자가 자신을 대입할 수 있는 지점들은 그들을 매료하고 지킬이 그런 행동에 나선 배경을 이해하도록 돕는다. 더 나아가 이 작품은 '인간이란 무엇인가'를 지킬과 그의 실험을 통해 재고하게 만드는 힘까지 가지고 있다.

독자들은 먼저 하이드의 목격자들이 느끼는 감정에 동화된다. 사회 공동체 안에서 살아가는 독자들에게 범죄를 통해 이유 없는 폭력과 사회의 어두운 이면을 마주할 위험은 항상 도사리고 있기 때문이다. 스티븐슨은 19세기부터 현대까지 아우르는 이 공포심을 자극하면서 지킬 박사와 하이드에 대한 실마리를 하나씩 제공한다. 하지만 래니언 박사의 경험이 공개될 때까지 독자는 지킬이 그런 끔찍한 악행의 근원임을 추측만 할 수 있다.

《지킬 박사와 하이드》에서는 어터슨과 지킬의 하인들을 선두로 누구도 지킬이 하이드임을 믿고 싶어 하지 않으며, 그 거부감이 일으키는 진실 회피는 하이드에 대한 불완전한 증언과 진술의 배열을 통해 더욱 강조된다. 하지만 여기까지는 지킬의 실험이 구현하는 다채로움을 구경하는 제3자의 입장에서 미지의 공포와 대면하는 것을 두려워하는 것에 불과하다. 이 실험이 불러일으키는 공포는 래니언이 마주한, 하이드가 지킬로 변모하는 순간에서부터 점차 고조된다. 이때부터 독자는 더 이상 하이드의 정체에 대해서 모른 척할 수 없다. 스티븐슨이 던진 수수께끼에 대한 답을 찾기 위해 독자는 지킬의 고백을 마주해야만 하는 상황에 놓이게 된다.

스티븐슨이 제시하는 답은 지킬의 내면에 대한 정답이 될 수 없다. 지킬도 자신이 누구인지 모르는 상황까지 이르기 때문이다. 스티븐슨은 지킬의 마지막 진술에서 스스로 세워 놓은 가설들이 붕괴하는 현장을 비춰 줌으로써 그가 본인의 이야기를 서술함에도 가장 믿을 수 없는 화자임을 독자들에게 적나라하게 보여 주고 있다. 지킬이 보통의 인간으로 자신을 묘사할 때와 스스로에 대한 불안감을 내비칠 때 우리는 자신 안에 하이드가 숨어 있는지 고민하게 된다. 그리고 그에 대한 답은 런던을 감싸는 흐릿한 안개와 같이 명확하게 밝혀지지 않았고 이에 대한 답을 찾는 독자들에게 의해《지킬 박사와 하이드》는 오늘날까지 읽혀 온 것이다.

이후의 일은 하이드의 문제라며 펜을 내려놓은 인물이 과연 누구인지 아는 사람은 아무도 없다. 내가 누군지, 나는 어떻게 살고 싶은지, 어떻게 살아야 하는지 답을 제시하는 듯하면서도 오히려 그 경계선을 더 흐릿하게 만드는 이 작품은 지킬과 하이드에 얽힌 수수께끼를 풀어 나가면서 '우리는 누구인가?'라는 거대한 질문을 오히려 마지막에 던진다. '인간이란 무엇인가?'라는 가장 보편적인 질문을 가장 흥미진진하게 풀어낸 문학 작품 중 하나인 《지킬 박사와 하이드》가 2010년대를 살아가는 우리에게 여전히 재미있는 작품으로 남게 되는 이유가 바로 여기에 있다.

– 나정은 (고려대학교 대학원 영어영문학과 석사 과정)

토론·논술 문제편

지킬 박사와 하이드의 상징성을 이해하고
인간의 욕망과 양면성을 말할 수 있다.

1. 인간 내면에 혼재되어 있는 선과 악에 대해 이야기할 수 있다.

2. 인간의 욕망이 무엇인지 규정지을 수 있다.

3. 사회적으로 금지되어 있는 대상을 원하는 마음을 설명할 수 있다.

4. 현대인이 가진 욕망의 표현과 절제에 대해 이야기할 수 있다.

5. 인간의 욕망이 서로 충돌하지 않기 위해 노력해야 할 일을 이야기할 수 있다.

6. 다중 인격 장애를 바탕으로 지킬 박사의 행위를 평가할 수 있다.

7. 인간의 욕망 추구에 대한 자신의 생각을 논술할 수 있다.

1. 다음 설명에 해당하는 등장인물의 이름을 〈보기〉에서 찾아 써 봅시다.

┤ 보기 ├

지킬	하이드	래니언
커루	어터슨	풀

(1) 변호사이며 모든 게 의심스러운 친구의 후견인을 뒤쫓는다.

....

(2) 부유한 집안에서 태어났고 향락에 탐닉하는 결점을 지니고 있다.

....

(3) 오랜 친구가 보여 준 충격적인 모습에 마음의 병을 얻어 결국 사망한다.

....

(4) 사회적 지위가 높은 사람이었는데 어느 날 처참한 시신으로 발견된다.

....

(5) 충실한 집사로서 자신의 주인이 서재에만 틀어박혀 있는 것을 걱정한다.

....

(6) 선과 악의 혼합체인 평범한 사람들과 달리 순수하게 악이 발현한 존재이다.

....

2_ 지킬이 하이드에게 모든 재산을 물려주려고 한 이유를 써 봅시다.

> 유언장 내용은 이러했다. 만약 의학 박사, 민법 박사, 형법 박사 그리고 왕립 협회 회원인 헨리 지킬이 사망할 경우 그의 모든 재산은 '친구이자 후원자인 에드워드 하이드'에게 상속될 것이며 또한 헨리 지킬이 '3개월 이상 실종되거나 알 수 없는 이유로 부재(不在)할 경우' 상기(上記)한 에드워드 하이드가 지체 없이 헨리 지킬의 지위를 대신하는데, 지킬의 가속(家屬)들에게 약간의 돈을 주는 것 외에 어떠한 부담이나 의무로부터도 자유롭다고 명시되어 있었다.

....

....

....

....

....

3_ 하이드가 갑자기 모습을 감춘 이유를 써 봅시다.

....

....

....

4_ 래니언이 밑줄 친 부분과 같이 말한 이유는 무엇인지 써 봅시다.

> "지킬도 아프다네. 최근에 그를 만났나?" 어터슨이 물었다.
>
> 지킬의 안부를 묻자 래니언의 표정이 달라졌다. 그는 떨리는 손을 들어 올리며 말했다. "<u>난 지킬을 보고 싶지도 그의 소식을 듣고 싶지도 않네.</u> 그 인간과는 완전히 끝났어. 그러니 제발 내 앞에서 그 친구 얘기를 꺼내지 말게나. 이미 나한테는 죽은 사람이나 마찬가지니까." 그는 크고 떨리는 목소리로 말했다.

....

....

....

5_ 하이드를 만났던 사람들이 공통적으로 느꼈던 감정과 기운을 써 봅시다.

....

....

....

6 하이드가 지킬보다 체구가 작은 이유를 써 봅시다.

> 이 새로운 생명체로 처음 호흡하는 순간 나는 내가 더욱 사악해졌음을, 열 배는 더 사악해졌음을 깨달았다. 내 안에 원초적 악마에게 노예를 팔아넘긴 것이었다. 그것을 깨닫자 와인을 마실 때처럼 기운이 솟고 기분이 좋아졌다. 나는 두 손을 뻗어 이 새로워진 감각을 만끽했다. 그리고 그 와중에 내 키가 크게 줄었다는 사실을 불현듯 깨달았다.

....

....

....

7 지킬이 남긴 최후 진술 중 일부입니다. 빈칸에 들어갈 알맞은 단어를 써 봅시다.

> 그 진실은 바로 인간이 실제로 하나가 아니라 둘이라는 사실이었다. 내가 둘이라고 말한 것은 내 지식수준이 그 선을 넘지 못하기 때문이다. 다른 사람들은 내 생각을 따르거나 같은 분야에서 내 의견을 넘어서는 생각을 할 것이다. 나는 인간이 궁극적으로 서로 어울리지 않는, 다면적인 개별 요소들로 이루어진 조직체라는 가설을 과감하게 제시하고자 한다. 나로 말하자면 한 치의 오류도 없이 하나의 방향으로만 걸어가며 살아온 사람이었다. 내가 인간의 완전하고도 근원적인 (   )을/를 깨닫게 된 것은 도덕적 측면에서였고 나는 몸소 그것을 인식했다.

....

8_ 빈칸에 들어갈 알맞은 단어를 써 봅시다.

> (㉠)은/는 더욱 고결한 쌍둥이의 열망과 자책으로부터 떨어져 나와 자신의 길을 갈 것이다. 그리고 (㉡)은/는 단호하고도 안전하게 고상한 길로 나아가며 자신에게 즐거움을 주는 선행을 베풀 것이며 더 이상 아무런 관련 없는 (㉠) 때문에 굴욕과 후회를 반복할 필요도 없어질 것이다. 서로 어울리지 않는 쌍둥이가 함께 붙어 있는 것, 즉 이 양극의 쌍둥이가 의식이라는, 고뇌하는 자궁 속에서 끊임없이 다투고 있다는 것이 인류에게 내려진 저주였다.

㉠ : .... ㉡ : ....

9_ 제시문을 참고하여 《지킬 박사와 하이드》의 결말을 정리해 봅시다.

> 지금 우리 둘에게 다가오고 있는 그 죽음의 운명은 이미 그를 변화시키고 망가뜨렸다. 지금으로부터 30분 후 내가 다시 그리고 영원히 그 끔찍한 인간으로 변하게 된다면 나는 의자에 앉아 온몸을 떨며 울고 있을 것이다. 그게 아니면 극도의 긴장과 두려움에 정신이 몽롱해진 채 (내 마지막 은신처인) 이 방을 왔다 갔다 하면서 무슨 위협적인 소리가 들리지 않나 귀를 기울이고 있을 것이다.

....

....

....

Step 1 인간 내면에 혼재되어 있는 선(善)과 악(惡)에 대해 생각해 봅시다.

㉮ 나는 18--년 아주 부유한 집에 태어났다. 체격이 큰 편이며 선천적으로 부지런했다. 또한 총명하고 훌륭한 동료들의 존경을 한 몸에 받는다는 사실을 즐거워하는 사람이었다. 따라서 앞으로 내가 명예와 영광을 보장받을 사람임을 쉽게 짐작할 수 있었다. 하지만 사실 나는 향락에 탐닉하는 최악의 결점을 가지고 있었다. 이러한 쾌활함은 많은 사람들을 행복하게 해주지만, 사람들 앞에서 머리를 꼿꼿이 세우고 진중한 표정을 짓고 다니려는 내 오만한 욕망과는 어울리기 힘들었다. 그래서 나는 이러한 성향을 숨기려고 했다. (중략) 그러다가 우연히 내 안의 존재들이 벌이는 끝없는 전쟁의 본질이 무엇인지 확실하게 깨달았다. 시간이 지나 나는 도덕적·지적 이해력을 바탕으로 그 진실에 점점 더 가까이 갈 수 있었지만 그 진실의 일부를 발견한 탓에 이토록 끔찍한 파멸을 맞을 운명에 처하고 말았다. 그 진실은 바로 인간이 실제로 하나가 아니라 둘이라는 사실이었다.

㉯ 극심한 고통이 이어졌다. 뼈가 으스러지는 것 같았고 끊임없이 지독한 구역질이 났다. 생사의 순간에도 느낄 수 없을 법한 공포가 정신을 엄습했다. 그 후 이러한 고통은 순식간에 가라앉았다. 나는 큰 병을 앓고 난 사람처럼 의식을 회복했다. 느낌이 이상했다. 설명할 수는 없지만 뭔가 새로웠고, 그 새로움 때문에 믿을 수 없을 만큼 기분이 좋아졌다. 내가 더 젊어지고 가벼워지며 행복해지는 느낌이 들었다. (중략)

하지만 거울 속에 비친 그 추한 모습을 봤을 때 나는 반감보다는 반가움을 느꼈다. 이 모습 역시 내 자신이었기에 내게는 자연스럽고 인간적인 존재로 보였다. 나는 하이드에게서 활기찬 이미지를 느꼈다. 그의 모습은 내가 지금껏 나라고 부르는 데에 익숙해진, 그 불완전하고 분열된 모습보다 훨씬 더 명확하며 독특해 보였다.

㉰ 내가 내 자신의 영혼에서 불러내어 마음껏 즐기라고 세상으로 혼자 내보내 준 이 녀석은 타고나기를 악하고 비열했다. 그의 행동과 생각은 모두 철저하게 자기중심적이었다. 타인에게 끝 모를 고통을 안기며 동물 같은 탐욕으로 쾌락을 들이마셨고 마치 돌로 된 인간처럼 무자비했다. 헨리 지킬은 때때로 에드워드 하이드의 악행에 간담이 서늘해

졌지만 그 상황은 일반적인 법률과는 무관했기 때문에 나도 모르는 사이에 양심의 가책에서 자유로워져 있었다. (중략)

이제 이 둘 중에서 선택을 내려야 한다는 생각이 들었다. 내 두 본성은 기억을 공유하고 있었지만 그 외의 모든 기능들은 고르지 않게 나뉘어 있었다. (선악의 혼합체인) 지킬은 한편으로는 민감해 보일 정도로 불안해하고 다른 한편으로는 즐거움에 목말라하며 하이드의 쾌락과 모험을 계획하고 공유했다.

라 래니언의 집에서 내 모습으로 돌아왔을 때, 그게 뭔지 설명할 수 없지만 내 오랜 친구의 공포가 나에게 무언가 영향을 미친 것 같았다. 하지만 그의 두려움은 내가 그동안의 시간들을 되돌아보며 느낀 혐오감에 비하면 바다에 떨어진 물 한 방울에 지나지 않았다. 내게 변화가 생겼다. 더 이상 교수대의 두려움은 문제가 아니었다. 나를 지독하게 괴롭히는 건 바로 하이드가 되는 두려움이었다. (중략)

밤낮을 가리지 않고 변신을 알리는 경련이 찾아왔다. 무엇보다 잠이 들거나 심지어 의자에 앉아 잠깐 조는 경우에도 깨어 보면 항상 하이드로 바뀌어 있었다. 이렇게 지속적으로 찾아오는 운명의 긴장감 속에서 그리고 인간이라면 견딜 수 없을 정도라고 판단되는 불면증 속에서 나는 지킬로 있을 때도 열병에 시달리다 기진맥진한 상태가 되었고 심신은 점점 쇠약해져 갔다. 게다가 내 머릿속은 온통 다른 자아에 대한 공포로 가득 차 있었다.

마 거래는 부당해 보일지 모르겠지만 아직 고려해야 할 사항이 남아 있었다. 지킬은 금욕의 불 속에서 쓰디쓴 고통을 느끼겠지만 하이드는 자신이 잃은 것에 대해 의식조차 하지 못할 것이기 때문이었다. 내 상황이 이상하긴 하지만 이 논쟁의 조건들은 인류의 역사만큼이나 오래되고 진부하다. 자극과 불안은 유혹을 받아 흔들리는 죄인에게 똑같이 운명의 주사위를 던진다. 수많은 사람들처럼 나 역시 더 선한 자아를 선택했지만 그것을 지켜 낼 힘이 부족한 것으로 드러났다.

그렇다. 나는 불만 많은 초로(初老)의 박사를 선택했다. 주위에 친구들을 두고 정직한 희망을 간직해 나가기로 했다. 그리하여 하이드로 변신하여 누려 온 자유와 젊음, 가벼운 발걸음, 고동치는 맥박과 은밀한 쾌락에 단호하게 이별을 고했다.

바 그리고 이제는 이 글을 끝내는 일을 오래도록 미뤄서도 안 된다. 지금까지 이 글이 파기되지 않은 것은 대단한 신중함과 엄청난 운이 함께한 덕분이기 때문이다. 이 글을 쓰고 있는 도중에 다시 변화의 고통이 나를 덮친다면 하이드가 이 편지를 갈기갈기 찢어 버릴 것이다. 하지만 편지를 감춰 둔 뒤에 시간이 조금 흐른다면 하이드의 놀라운 이기심과 순간에만 몰두하는 성향 탓에 이 편지는 원숭이 같은 그의 심술로부터 다시 한번 살아남을 것이다. 지금 우리 둘에게 다가오고 있는 그 죽음의 운명은 이미 그를 변화시키고 망가뜨렸다. 지금으로부터 30분 후 내가 다시 그리고 영원히 그 끔찍한 인간으로 변하게 된다면 나는 의자에 앉아 온몸을 떨며 울고 있을 것이다. 그게 아니면 극도의 긴장과 두려움에 정신이 몽롱해진 채 (내 마지막 은신처인) 이 방을 왔다 갔다 하면서 무슨 위협적인 소리가 들리지 않나 귀를 기울이고 있을 것이다. 하이드는 교수대에서 죽을까? 아니면 마지막 순간에 용기를 내어 스스로 고통에서 벗어날까? 그건 아무도 모른다. 그리고 나는 개의치 않는다. 지금은 내가 죽을 시간이다. 이후의 일은 내가 아닌 하이드의 문제이다. 이제 나는 펜을 내려놓고 이 고백의 글을 봉인한 후 불행한 헨리 지킬로의 생을 마감하려 한다.

– 로버트 루이스 스티븐슨, 이현주 옮김, 《지킬 박사와 하이드》

1 지킬이 하이드로 변하는 약을 제조한 이유를 말해 봅시다.

....

....

....

....

....

....

....

2_ 하이드로서의 삶을 경험하면서 지킬은 다양한 심경의 변화를 느낍니다. 제시문을 참고하여 각각의 상황에서 지킬이 느낀 감정을 이야기해 봅시다.

• 하이드로 변신한 직후의 상황 :

....

• 하이드로 변신을 반복하는 상황 :

....

• 하이드가 통제되지 않는 상황 :

....

3_ 지킬이 하이드가 아닌 지킬의 삶을 선택한 이유를 써 봅시다.

....

....

....

4_ 지킬의 죽음이 무엇을 의미하는지 이야기해 봅시다.

....

....

....

....

....

Step 2 인간의 욕망은 무엇인지 생각해 봅시다.

㉮ 나는 여전히 이중의 목적에 시달리고 있었다. 내 참회의 칼날이 무디어지자 그토록 오랫동안 제멋대로 굴다가 최근에 몸이 묶인 내 사악한 자아가 방종을 갈구하며 꿈틀대기 시작했다. 하이드를 다시 살려 내겠다는 꿈은 꾸지도 않았다. 그 생각만 해도 놀라서 미칠 지경이었으니까. 그런데 다시 한 번 양심을 희롱하고자 하는 유혹을 느낀 이는 바로 지킬이었다. 결국 나는 남몰래 죄를 저지르는 평범한 사람으로서 유혹의 공격에 무너지고 말았다.

– 로버트 루이스 스티븐슨, 이현주 옮김, 《지킬 박사와 하이드》

㉯ 《지킬 박사와 하이드》의 작가 로버트 루이스 스티븐슨은 어릴 적부터 스코틀랜드의 문학과 역사에 깊게 몰두해 있었다고 한다. 그래서 그의 작품에는 스코틀랜드의 모습이 반영되어 있다. 스코틀랜드 문학은 인간의 이중성과 현실 속의 어두운 세계를 그린 작품이 많은데, 여기에는 문화적 배경이 큰 영향을 끼치고 있는 듯하다. 스코틀랜드는 이전부터 장로교(長老敎)를 믿어 왔으며 이 종교는 엄격한 도덕률과 신의 섭리를 강조했다. 스코틀랜드의 사람들은 교리와 현실의 욕망이 충돌하는 상황에 자주 놓인 듯하다. 이러한 모습은 지킬 박사가 탐닉을 추구하고자 하는 욕망을 억누르는 모습과 닮아 있다.

㉰ 인간은 누구나 무언가를 욕망하고 채우기 위해 노력한다. 다시 말해, 인간은 항상 자신에게 부족한 것을 충족하려는 욕구를 지니고 있다. 그리고 이것이 인간 행위의 바탕을 이루는 인간의 본성이라고 할 수 있다. 따라서 인간이 사회 속에서 살아가면서 스스로에게 결핍되어 있는 것을 자각할 때 욕망이 발생한다고 할 수 있다. 어떤 욕망이든 욕망과 충족 사이에 거리가 좁으면 인간은 행복을 느끼고, 반대로 거리가 멀면 불행하다고 느낀다.

오늘날 현대인의 욕망은 다른 사람의 욕망과 상충되어 여러 갈등을 불러일으키게 마련이다. 그렇기 때문에 이웃들과 반대되는 욕망을 충족하려고 드는 경우 불행히도 그들과 대립 관계에 놓이는 경우가 비일비재하다. 설사 그 욕망이 충족되어도 불행해지는 경우까지 있다. 이러한 사실은 욕망이 과연 진정으로 바람직한 것인가 하는 심각한 의문을 불러일으킨다.

1_ 지킬이 자신의 내면에서 하이드를 끌어낸 이유를 말해 봅시다.

....

....

....

2_ 지킬이 하이드를 끌어낸 행동을 평가해 봅시다.

....

....

....

3_ 인간의 욕망은 나쁜 것인지 자신의 의견을 말해 봅시다.

....

....

....

....

....

Step **3** 욕망의 근원에 대해 생각해 보고 사회적으로 금지되어 있는 대상을 원하는 심리에 대해 이야기해 봅시다.

가 내가 변신한 상태에서 허겁지겁 추구한 쾌락은 점잖지 못한 것들이었지만 더 심하게 표현할 생각은 없다. 하지만 에드워드 하이드의 손에 넘어간 쾌락은 괴물과 같이 변해 버렸다. 그래서 이러한 일탈에서 돌아온 뒤에 나는 종종 내 분신의 사악함에 놀라곤 했다. 내가 내 자신의 영혼에서 불러내어 마음껏 즐기라고 세상으로 혼자 내보내 준 이 녀석은 타고나기를 악하고 비열했다. 그의 행동과 생각은 모두 철저하게 자기중심적이었다. 타인에게 끝 모를 고통을 안기며 동물 같은 탐욕으로 쾌락을 들이마셨고 마치 돌로 된 인간처럼 무자비했다. 헨리 지킬은 때때로 에드워드 하이드의 악행에 간담이 서늘해졌지만 그 상황은 일반적인 법률과는 무관했기 때문에 나도 모르는 사이에 양심의 가책에서 자유로워져 있었다. 어쨌든 죄를 지은 사람은 하이드 혼자였으니까. 지킬은 조금도 나빠지지 않았다. 아침에 눈을 떠보면 그의 훌륭한 품성은 전혀 훼손되지 않은 것처럼 보였다. 그는 가능하면 하이드의 악행을 서둘러 만회하려 했다. 그렇게 그의 양심은 침묵에 빠져들고 말았다.　　　　 – 로버트 루이스 스티븐슨, 이현주 옮김, 《지킬 박사와 하이드》

나 먼 옛날 리디아 지방에 기게스라는 양치기가 살고 있었다. 그는 당시 리디아의 왕을 모시는 성실한 사람이었다. 어느 날 그는 평소처럼 양 떼를 몰고 들판으로 나갔는데 갑자기 심한 폭풍이 들이닥쳐 들판이 흔들렸고 그 자리에 깊은 구멍이 생긴 것을 보았다. 그는 호기심을 이기지 못하고 그 속으로 들어갔다. 거기에는 조그만 문이 달린 속이 빈 청동 말이 있었고 그 안에는 사람보다 더 커 보이는 시체가 있었다. 놀란 가슴을 겨우 진정시키고 시체를 살펴보던 기게스는 시체의 기다란 손가락에 끼워진 반지를 보았고, 잠시 망설이다가 결국 그것을 가지고 지상으로 돌아왔다. 얼마 후 기게스는 양치기들의 모임에 그 반지를 끼고 참석했다. 다른 사람들과 함께 앉아 있던 자리에서 그는 반지를 만지작거리다가 우연히 반지의 보석을 물어 올리고 있는 거미 발을 자기 쪽으로 돌렸다. 그러자 다른 사람들이 그가 보이지 않는다며 찾기 시작했다. 이 사실에 놀라 허둥대던 기게스가 거미 발을 바깥쪽으로 돌리자 그의 모습이 다시 보이게 되었다. 반지의 힘을 알게 된 기게스는 반지를 이용하여 왕이 되려는 음모를 꾸몄다. 양 떼 보고를 하기 위해 왕궁으로 간 기게스는 반지를 이용해 자신의 모습을 숨긴 뒤 왕비를 유혹하고 왕을 죽였다. 그 뒤 기게스는 왕비와 결혼하여 리디아의 새로운 왕이 되었다.

다 모든 욕망은 결핍에서 생겨난다. 다시 말하면 욕망은 무(無)의 체험, 곧 '없다'는 느낌과 밀접한 연관이 있다. 무언가가 필요하다는 느낌과 생각은 나에게 **존재론적**으로 없는 것, 빠진 것 그리고 내 욕망이 채워지려면 지금 이런저런 것이 필요하다고 요구한다. 다시 말해서 지금 여기 나에게 없는 것 그러나 나에게 있어야 할 것을 있는 것으로 바꾸는 것이 욕망 충족의 과정이다.

　아예 존재하지 않는 것은 의식의 대상도 욕망의 대상도 아니다. 우리의 의식은 아예 없는 것은 생각할 수도 없다. 우리의 욕망은 그런 대상을 갖지 못한다고 해서 아쉬워하지도 않는다. 모든 생명체의 건강한 욕망은 생명의 유지와 연관해서 지금 없는 것 그러나 앞으로 있을 것, 여기에 없는 것 그러나 어디엔가 있는 것, 나에게 없는 것 그러나 내 밖에 있는 것을 지향하고 원한다.

　그러나 우리는 욕망의 대상이 사람이 사람으로 살아가는 데 필요한 것의 테두리 안에만 머무르지 않는 경우도 보게 된다. 왜 그런가? 생명계를 이루는 거의 모든 생명체들이 살아가는 데 그리고 살아남는 데 필요한 것들로 자기 욕망의 대상을 한정시키는데 왜 사람의 욕망은 이 한계를 벗어나게 되었는가?　　– 한국철학사상연구회, 《철학, 삶을 묻다》

라 1987년 미국의 사회 심리학자 다니엘 웨그너(Daniel Wegner)는 다음과 같은 실험을 했다. 그는 실험 참가자들에게 조용한 방에서 5분 동안 떠오르는 생각을 말하라고 했다. 그리고 그들을 두 개의 그룹으로 나누어 한 그룹에게는 흰곰을 생각하지 않도록 노력하면서 말하되 흰곰을 떠올렸다면 그때마다 버튼을 누르라고 지시했다. 또 다른 그룹에게는 흰곰을 생각해도 된다고 말하며 흰곰이 생각나면 버튼을 누르라고 지시했다. 이 결과 흰곰을 생각하지 말라는 말을 들은 그룹이 그렇지 않은 그룹보다 버튼을 더 많이 눌렀다고 한다.

　웨그너의 이러한 실험은 흰곰에 대한 생각을 억누름으로써 흰곰에 대해 더 자주 생각하게 하는 효과를 증명하였다. 특정한 무언가를 떠올리지 않으려고 노력했을 때가 그런 노력을 기울이지 않았을 때보다 더욱 그 대상을 생각하게 만든다는 것이다. 이러한 현상을 사고 억제의 역설적인 효과라고 부르기도 하지만, 보통은 '흰곰 효과(The White bear effect)' 또는 '반동 효과(Rebound effect)'라고 부른다.

• **존재론적**(存在論的) : 존재의 근본적으로 보편적인 규정들을 연구하는 학문에 관한. 또는 그런 것.

1. 제시문 **나**의 기게스처럼 투명인간이 된다면 무엇을 하고 싶은지 이야기해 봅시다.

....

....

....

2. 반지의 유무에 따라 1번의 답이 달라지는지 말해 봅시다. 그렇다면 그 이유는 무엇인지 이야기해 봅시다.

....

....

....

3. 제시문 **라**를 토대로 다음 제시문에 나타난 현상의 근거를 말해 봅시다.

> 네덜란드에서는 18세 이상의 자국민이라면 암스테르담 내 허가된 장소에서 합법적으로 대마초를 구입할 수 있다. 마약이 합법화되면 이용자가 급증할 것이라는 우려와는 달리 네덜란드의 대마초 흡연율은 다른 국가에 비해 낮은 것으로 나타났다. 유엔 마약 통제 프로그램(UNODC)의 조사에 따르면 네덜란드의 대마초 흡연율은 미국(14.8%)의 절반 수준인 7%로 나타났다.

....

....

....

Theme 01_ 인간의 이중성을 그린 작품들

소설 《도리언 그레이의 초상 The Picture of Dorian Gray》

세상에서 가장 아름다운 청년 도리언 그레이는 우연히 얻은 초상화에 담긴 자신의 영원한 젊음과 아름다움을 영혼과 맞바꾼다. 이후 도리언 그레이는 욕망을 표출하는 생활과 상류 사회에서의 점잖은 신사 행세를 동시에 하게 된다. 그러던 어느 날 그는 초상화의 얼굴이 흉측하게 변한 것을 발견한다. 욕망의 세계에 탐닉한 뒤 생겨난 추악함이 전부 그의 그림에 새겨진 것이다. 그는 뒤늦게 잘못을 뉘우치고 초상

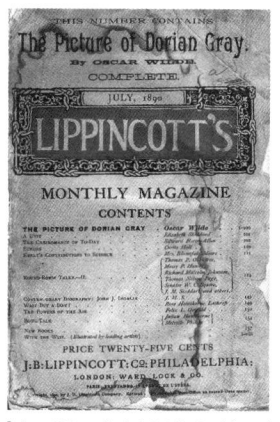

《도리언 그레이의 초상》 초판(1890)

화를 단검으로 찌르지만, 결국 이 행동은 자신을 찌르는 것이 된다. 숨을 거둔 그의 얼굴에는 노쇠함이 사납게 서려 있었다.

영화 〈다크 나이트 The Dark Knight〉

배트맨은 정의의 수호자이자 어둠의 무법자라는 양면성을 가진 '어둠의 기사'이다. 〈다크 나이트〉는 이러한 배트맨의 이중성에서부터 시작되는 영화이다. 자신의 역할에 한계를 느끼고 갈등하던 배트맨은 젊은 검사 하비 덴트를 통해 새로운 가능성을 엿보게 된다. 정의감 넘치는 그에게서 가면이 필요 없는 빛의 기사 '화이트 나이트(White Knight)'의 모습을 본 것이다. 그러나 절대 악의 상징 조커에 의해 하비 덴트는 선에 대해 자신이 품었던 신념을 잃고 몰락한다. 결국 그는 아무도 믿지 않는 '투 페이스(Two Face)', 즉 선과 악이 공존하는 이중적 존재가 되고 만다.

크리스찬 베일, 히스 레저 주연의 영화 〈다크 나이트〉 (2008)

가 내가 인간의 완전하고도 근원적인 이중성을 깨닫게 된 것은 도덕적 측면에서였고 나는 몸소 그것을 인식했다. 그리고 내 의식 속에서 다투는 두 개의 본성에 대해 알게 되었다. 내가 그 둘 중 하나의 본성에 속한다는 것은 근본적으로 그 둘 다에 해당된다는 의미이기도 했다. 내 과학적 발견이 그러한 기적의 발생 가능성을 암시해 주기 전에 나는 그 요소들이 분리되는 상황을 백일몽(白日夢)처럼 즐기는 법을 알아냈다. 나는 각각의 요소가 각각의 신분에 따로 들어가 있을 수 있다면 인생에서 견딜 수 없는 일 전부가 없어질 것이라고 혼잣말을 하곤 했다. 그렇게만 된다면 악은 더욱 고결한 쌍둥이의 열망과 자책으로부터 떨어져 나와 자신의 길을 갈 것이다. 그리고 선은 단호하고도 안전하게 고상한 길로 나아가며 자신에게 즐거움을 주는 선행을 베풀 것이며 더 이상 아무런 관련 없는 악 때문에 굴욕과 후회를 반복할 필요도 없어질 것이다. 서로 어울리지 않는 쌍둥이가 함께 붙어 있는 것, 즉 이 양극의 쌍둥이가 의식이라는, 고뇌하는 자궁 속에서 끊임없이 다투고 있다는 것이 인류에게 내려진 저주였다.

– 로버트 루이스 스티븐슨, 이현주 옮김, 《지킬 박사와 하이드》

나 역할 갈등이란 한 사람이 동시에 여러 지위를 갖거나 한 가지 지위에 대하여 동시에 여러 가지 역할이 기대될 때 나타나는 역할 모순이나 긴장 상태를 이르는 말이다. 현대 사회에서는 인간관계의 복잡화 그리고 업무의 전문화 및 분화로 인하여 역할 갈등이 크게 증가하고 있다. 이러한 역할 갈등이 심화되면 개인적으로는 심리적 불안이 생기고 사회적으로는 혼란을 초래할 우려가 있다.

	의미	사례
역할 모순	한 사람이 동시에 두 가지 이상의 지위를 가질 때 생기는 역할 충돌	희극 배우인 아버지가 자녀를 잃은 경우
역할 긴장	하나의 지위에 대하여 요구되는 역할이 다양한 경우	학생을 대하는 교사에게 엄하면서도 따뜻하기를 요구하는 경우

다 전교 10위권 안에 드는 성적을 유지하고 있는 고등학교 3학년 학생이 수년간 '묻지 마 몰카'를 찍어 오다 경찰에게 덜미를 잡혔다. 이 수험생은 눈앞에 닥친 수능 등에서 오는 스트레스를 해소하기 위해 도서관은 물론 학교와 버스 등지에서 여성들의 치마 속을

촬영한 것으로 파악됐다. A군은 심지어 사진 촬영음을 없애기 위해 인터넷에서 이와 관련된 소프트웨어를 내려받아 자신의 스마트폰에 설치하는 등 계획적으로 범행을 저질러 왔다. A군은 경찰서에서 '여성들의 특정 부위를 몰래 촬영하면 스트레스가 해소돼 계속하게 됐다'고 진술한 것으로 알려졌다. — 〈경향신문〉, 2012. 11. 29.

라 영화 〈월스트리트〉의 대사인 '탐욕은 좋은 것이다(Greed is good.).'는 꽤 오랜 시간 **회자**되었다. 왜냐하면 영화가 상영될 당시만 해도 많은 사람들이 탐욕을 좋은 것이라고 믿었기 때문이다.

미국의 과학자 피터 코닝(Peter Corning)은 그 말을 실제로 믿는 사람이 있던 시절에 비해 지금은 사람들의 의식이 많이 깨어 있는 편이라고 말했다. 또한 그는 '탐욕에는 다른 사람의 욕구를 염두에 두지 않는, 무제한적인 자기중심주의가 포함된다'고 지적했다.

여기서 주목해야 할 점은 '무제한적'이라는 단어다. 이는 최소한의 부끄러움도 없이 제 욕심을 챙기기 위해 어떤 상황이든 뛰어드는 성향을 의미한다. 코닝은 무제한적인 탐욕은 나머지 사람들에게 해악(害惡)이 된다며, 탐욕이 좋다는 것은 탐욕을 품은 사람에게만 해당할 뿐이라고 꼬집어 말했다.

마 우리는 본질상 사회적 존재이다. 왜냐하면 우리는 사회 속에서 다른 사람들과 교류하며 살기 때문이다. (중략) 하지만 우리는 우리에게 일어나는 모든 일을 한 개인으로서 느낀다. 사람들 각각은 몇 년을 살고 나면 자신에 대한 의식과 욕망, 근심, 쾌(快)와 불쾌 등에 대한 의식을 갖게 된다. 그래서 사회 규범들은 대개 속박으로 느껴진다. 이렇게 사회는 개인에 의해서 필요한 것으로 받아들여질 수도 있고 개인의 자유를 방해하는 장애물로 느껴질 수도 있다.

가장 좋은 사회란 자신의 욕망에 대하여 어떠한 제한도 하지 않는 사회라 할 수 있을 것이다. 하지만 사회는 그렇게 단순하지 않다. 왜냐하면 대부분의 경우, 내 욕망들을 만족시키기 위해서 금지 또한 필요하기 때문이다. 이러한 금지는 주로 사회 규범들로 나타나며 이를 지킴으로써 내 욕망 역시 보호받을 수 있다.

— 장 폴 주아리, 《철학 속으로 들어가기》

• 회자(膾炙) : 칭찬을 받으며 사람의 입에 자주 오르내림.

1_ 제시문 **⓷**는 인간의 양면성이 극단적인 결과를 가져온 사례입니다. 현대 사회에서 사람들이 이와 같은 성향을 보이는 이유를 말해 봅시다.

....

....

....

....

....

....

2_ 욕망을 추구하는 것은 인간의 본능이지만, 우리가 살아가는 사회에서 이러한 욕망은 제한되기도 합니다. 그 이유를 말해 봅시다.

....

....

....

....

....

....

....

Theme 02_ 인간의 욕망을 어떻게 바라봐야 하는가

욕망은 발전의 원동력이다

욕망은 이전 시대에 불가능했던 것이 다음 시대에서는 가능한 일이 될 수 있음을 보여 준다. 달나라 여행에 대한 상상은 쥘 베른(Jules Verne, 1828~1905)의 소설 〈달나라 탐험〉(1873)에서 시작되었다. 이 작품은 1902년에 영화로도 만들어졌지만, 이때까지만 해도 달나라 여행은 상상에 불과했다. 하지만 1969년 닐 암스트롱(Neil Armstrong, 1930~2012)이 최초로 달을 밟게 되었을 때, 달나라 여행은 현실이 되었다.

정치와 사회 발전 차원에서 볼 때도 불가능에 대한 욕망은 발전의 원동력이 된다. 즉 공동 사회의 이상을 표방하는 유토피아적 욕망 덕분에 인류는 사회 발전을 이룩할 수 있었다. 예를 들어 19세기 사회주의적 욕망은 1848년 프랑스에서 주당 50시간이었던 노동 시간을 1982년에는 39시간, 2000년에는 35시간으로 감축시키는 원동력이 되었다. 이처럼 불가능에 대한 욕망은 가능성을 넓히는 힘이다.

욕망은 조절해야 한다

맹자(孟子, B.C.372~B.C.289)는 재물과 부귀영화에 정신을 빼앗길 때 발생하는 해악(害惡)을 경고하며, 욕망을 철저하게 조절해야 한다고 강조한다. 성경에서도 소돔 성에 두고 온 삶에 대한 애착을 버리지 못해 뒤를 돌아보다가 소금 기둥이 된 롯의 아내의 이야기를 통해 세속적 욕망에 대해 경고하고 있다.

인간의 욕망은 절제하지 않을 때 돌이킬 수 없는 문제를 일으킨다. 인간을 괴롭혀 왔거나 현재에도 괴롭히고 있는 수많은 전쟁과 살육(殺戮), 개인과 집단의 이기주의, 환경의 파괴 같은 문제뿐 아니라 마약, 사치, 충동 등과 같은 타락한 현상들 역시 그 근원에는 욕망의 무절제라는 문제가 숨어 있다. 따라서 우리는 욕망의 과도한 추구로 인한 타락과 파멸의 가능성을 항상 경계해야 한다.

• 표방하다(標榜-) : 어떤 명목을 붙여 주의나 주장 또는 처지를 앞에 내세우다.

가 나는 쾌락을 위해 범죄를 저지른 최초의 사람이 되었다. 사람들이 보는 데서는 한 껏 점잖은 태도를 유지하다가 한순간 동네 악동처럼 빌려 입은 옷을 모두 벗어 버리고 곧바로 자유의 바다에 뛰어들 수 있었다. 그렇게 해도 나는 난공불락의 망토를 걸쳤기 에 완벽하게 안전할 수 있었다. 생각해 보라. 나는 존재조차 없는 사람이었다! 실험실 로 달아난 뒤 늘 준비해 두는 약을 1,2초 만에 섞어 마시기만 하면 그만이었다. 에드워 드 하이드가 무슨 짓을 하든 거울 위의 입김 자국처럼 사라질 수 있었다. 그리고 그의 자리에서 또는 조용히 집에서 한밤의 전등 빛을 조절하며 연구에 몰두한 채 모든 혐의 를 비웃을 수 있는 헨리 지킬이 있었다.

– 로버트 루이스 스티븐슨, 이현주 옮김, 《지킬 박사와 하이드》

나 어떤 마을에 누구나 가축을 방목할 수 있도록 개방된 땅이 있다. 이 마을 주민들은 각자 자신의 땅을 갖고 있지만 공동의 땅에 자신의 가축을 가능한 많이 풀어놓으려 한 다. 특별한 비용 부담 없이 넓은 목초지의 신선한 풀을 마음껏 이용할 수 있기 때문이 다. 각 농가에서는 공유지의 풀이 자신과 다른 농가의 모든 가축들을 기르기에 충분한 가를 걱정하기보다 공유지에 방목하는 자신의 가축 수를 늘리는 일에 골몰하였다. 주민 들의 이러한 행동으로 인하여 공유지는 가축들로 붐비게 되었고, 그 결과 이 마을의 공 유지는 황량한 땅으로 변하고 말았다. 이러한 상황을 '공유지의 비극(The tragedy of the commons)'이라고 말한다.

다 공자는 인(仁)으로 욕망 충돌이 빚어낸 사회 혼란을 극복할 수 있다고 보았다. 그 방 법으로 효(孝)와 제(悌), 충(忠) 그리고 서(恕)를 제시했다. 특히 '서'는 행동하기 전에 다 른 사람의 기분 등을 헤아리는 자세이며 그의 마음과 같아지려는 성품이다. 또한 공자 는 결코 법이나 힘으로 강제해서 혼란스러운 상황을 바로잡으려고 하지 않았다. 오직 덕과 예절로 바로잡으려 했을 뿐이다. 공자는 정치와 형벌로 백성을 이끌면 그들이 잘 못을 저지르고도 처벌만 피하면 부끄러워할 줄을 모르지만, 덕으로 이끌고 예절로 다스 리면 백성들이 부끄러움을 알게 되어 벌주지 않아도 스스로 양심에 가책을 느끼고 잘못 을 바로잡을 수 있다고 했다.

– 김교빈 외, 《동양 철학 에세이》

라 인간의 본성은 악하다. 착하다는 것은 인위(人爲)의 결과이다. 인간은 태어나면서부터 이익을 좋아하여 그 본성을 따르면 남과 쟁탈을 하고 사양함이 없게 된다. 인간은 태어나면서부터 남을 질투하고 미워하여 그 본성을 따르면 남을 해치게 되고 성실함과 믿음을 잃게 된다. 인간이 자기의 욕망만을 좇으면 남의 것을 빼앗고 피해를 주며 예의와 도리를 어기고 사회를 혼란하게 한다. 그러므로 스승과 법률의 가르침을 받아 사람이 지켜야 할 예절과 의리를 익히면 마침내 사회가 평화로워진다.

맹자는 사람의 본성이 착하다고 하지만 나는 그렇지 않다고 생각한다. 예의에 대한 가르침, 법률의 다스림, 형벌의 금함을 없애고 가만히 기대서서 세상 사람들이 하는 짓거리들을 본다면 세상이 어떻게 되겠는가?　　　　　　　　　　－〈성악(性惡)〉,《순자》

1_ 현대 사회에서 욕망이 충돌한 사례와 그에 따른 문제점을 말해 봅시다.

• 사례 :
....

....

• 문제점 :
....

....

2_ 1번의 문제를 해결하는 방법을 이야기해 봅시다.

....

....

....

....

....

Step 6 지킬을 다중 인격 장애자로 봐야 하는지 생각해 보고 만약 그렇다면 그를 처벌할 수 있는지 토론해 봅시다.

> 주장 1 : 지킬은 하이드와 동일 인물이므로 처벌해야 한다.
>
> 주장 2 : 지킬은 다중 인격 장애자이므로 처벌할 수 없다.

가 주정뱅이가 자신의 나쁜 행동에 대해 설명하면서 몸이 짐승처럼 무뎌지는 위험 때문에 그랬다고 말하는 경우는 5백 분의 1 정도에 불과하다. 나 역시 내 상황을 오래도록 생각해 왔지만 에드워드 하이드의 특징인 철저한 도덕적 무감각과 악행에 대한 무분별한 탐닉을 충분히 고려하지 않았다. 내가 벌을 받은 것은 바로 그 때문이었다. 오래도록 우리에 갇혀 있던 나의 악마성이 포효하며 뛰쳐나왔다. 약을 들이킬 때조차 악의 근성이 더욱더 걷잡을 수 없고 격렬해지고 있음을 느낄 수 있었다. 불행하게 희생된 댄버스 경의 점잖은 말씨를 듣고 있을 때 내 영혼에 폭풍우처럼 조바심이 휘몰아친 것도 바로 이것 때문이었을 것이다. – 로버트 루이스 스티븐슨, 이현주 옮김, 《지킬 박사와 하이드》

나 해리성 정체 장애 또는 다중 인격 장애는 예전에 빙의라고도 하였다. 이 병은 이중 인격인 경우부터 수십 개까지의 인격을 가진 경우까지 다양하다. 다중 인격은 실제로 한 사람 안에 여러 개의 인격이 있는 것이 아니라 한 사람 내부에서 오랫동안 형성된 정신 상태의 일부분들이 일시적으로 그 사람의 전체를 조종하는 것이다. 다중 인격 장애의 원인은 유년 시절에 받은 육체적 학대로 알려져 있다. 그 외에 가족이나 친구의 죽음 또는 끔찍한 사고의 목격 등 정신적 외상이 원인이 되기도 한다. 실제로 환자의 95~100%가 어린 시절에 근친상간이나 학대를 받은 기억을 지니고 있었다고 한다. 전문가들은 환자들이 심한 학대나 정신적 외상의 충격에서 자신을 보호하거나 대면하고 싶지 않은 현실을 피하기 위해 새로운 인격을 만들어 내는 것으로 보고 있다.

다 최근에는 다중 인격 장애에 대한 회의적인 견해도 제시되고 있다. 즉 다중 인격 장애는 범죄 행위 등과 관련하여 형사 면책을 유도하기 위한 조작에 불과하다는 견해로 다음과 같은 근거를 제시한다.

첫째, 다중 인격 장애를 긍정하는 쪽은 그 원인을 아동기의 성적 또는 신체적 학대에서 찾는다. 그렇다면 성인기보다는 아동기에 다중 인격 장애가 더 많이 발생하는 것이 논리적인데 실제로 아동기에 발생한 것으로 보고되는 경우는 거의 없다는 점이다. 둘째, 다중 인격 장애로 심리 치료를 받게 되는 환자 대부분은 처음에 정신 분열증 등에 대한 치료를 위해 정신과 의사나 심리 상담사를 접하게 된다. 그런데 치료 과정에서 다중 인격 장애로 판명되는 경우가 많으며 또한 오히려 치료가 시작됨에 따라 변형된 인격이 등장하거나 그 숫자가 늘어나는 경우가 많다는 점이다. 셋째, 변형된 인격의 개념이 불분명하다는 점이다. 이전과 다른 행동 양식 등을 보이는 것이 또 다른 인격의 발현 때문인지 분명하지 않다는 것이다. 마지막으로 이러한 다중 인격 장애가 1970년대 이후 북미 대륙에서 급격히 늘어난 것으로 보고되었었는데, 이 시기는 다중 인격 장애를 주제로 한 많은 영화, 드라마, 소설 등이 제작되던 시점과 거의 일치한다.

— 권창국, 〈다중 인격 장애자에 의한 범죄 행위의 형사 면책 기준〉

라 심신상실(心神喪失)이란 심신장애로 인하여 사물을 변별할 능력이 없거나 의사를 결정할 능력이 없는 상태를 말한다. 심신상실의 요인으로는 정신병·정신 박약, 심한 의식 장애 또는 기타 중한 심신장애적 이상이 있다. 심신장애자는 그 정도에 따라 심신상실자와 심신미약자 또는 심신박약자로 나눌 수 있고, 시간에 따라 계속적인 심신장애자와 일시적인 심신장애자로 나눌 수 있다.

일시적인 심신상실자는 보통은 정상인 사람이 실신, 마취, 혼수, 만취 등으로 일시적인 심신상실 상태에 있는 사람을 일컫는다. 이러한 자는 그 상태에 있는 동안은 책임무능력자로 취급된다. 계속적인 심신상실자는 정신병, 뇌상, 알코올 중독 등 선천적 또는 후천적인 원인으로 심신이 약한 사람을 말한다. 사물 변별 능력이나 의사 결정 능력이 보통 사람보다 미약한 사람을 지칭하는 것이다.

한 사람이 위와 같은 요인으로 심신장애 상태에 있었다는 것이 밝혀지면 그에게 사물의 변별 능력과 의사 결정 능력이 없다는 사실 또한 인정된다. 그리고 그 사람은 형법상 심신상실자로 분류되며 법률상 '책임무능력자'가 된다. 책임무능력자란 심신상실을 이유로 법률상 책임을 질 필요가 없다고 판단되는 사람을 말하는데, 정도에 따라 처벌이 경감되는 경우도 있으며 법원은 그에게 병의 치료를 위한 보호감호 판결을 내릴 수도 있다.

1 인간은 욕망을 추구하고 실현하는 데에서 행복을 느낍니다. 인간의 욕망 추구가 나쁜 것인지, 그리고 올바른 욕망 추구 방법은 없는지 논술해 봅시다.

> **가** That night I had come to the fatal cross roads. Had I approached my discovery in a more noble spirit, had I risked the experiment while under the empire of generous or pious aspirations, all must have been otherwise, and from these agonies of death and birth, I had come forth an angel instead of a fiend. The drug had no discriminating action; it was neither diabolical nor divine; it but shook the doors of the prisonhouse of my disposition; and like the captives of Philippi, that which stood within ran forth. At that time my virtue slumbered; my evil, kept awake by ambition, was alert and swift to seize the occasion; and the thing that was projected was Edward Hyde. Hence, although I had now two characters as well as two appearances, one was wholly evil, and the other was still the old Henry Jekyll, that incongruous compound of whose reformation and improvement I had already learned to despair. The movement was thus wholly toward the worse.
>
> – Robert Louis Stevenson, 〈Dr. Jekyll and Mr. Hyde〉
>
>
> **나** 왕량이 말을 사랑하고 월왕 구천이 사람을 사랑한 것은 사람을 전쟁에서 쓰기 위함이요, 말을 타고 달리기 위한 것이다. 의원이 타인의 종기를 빨아 주거나 그 나쁜 피를 입에 머금는 것은 **골육** 간의 친애(親愛) 때문이 아니라 이득을 얻기 때문이다. 수레 만드는 사람은 수레를 만들면 남들이 부귀해지기를 바라고, 관을 짜는 사람은 관을 만들면 사람이 요절해 죽기를 바란다. 이는 수레 만드는 사람은 어질고 관을 짜는 사람은 악하기 때문이 아니라 사람들이 부귀해지지 않으면 수레를 사지 않을 것이요, 사람들이 죽지 않으면 관이 팔리지 않기 때문이다. 그것은 사람을 미워해서가 아니라 사람이 죽어야 이익을 볼 수 있기 때문이다.
>
> – 〈비내(備內)〉, 《한비자》

다 코스타리카에서 조사를 마치고 1983년 캘리포니아로 돌아온 생물학자 제럴드 월킨슨(Gerald Wilkinson)은 조금은 섬뜩한 결과를 보고했다. 그가 코스타리카에서 연구한 흡혈박쥐는 낮에는 고목에 매달려 있다가 밤이 되면 짐승들을 찾아가 살갗에 몰래 작은 구멍을 내고 조용히 피를 빨아 먹는다. 그러나 마땅한 대상을 찾지 못하거나 만일 찾았다 하더라도 상대에게 들켜서 피를 빨지 못하는 경우가 있기 때문에 배를 자주 곯는 불안정한 생활을 한다. 노련한 박쥐는 열흘에 하루 꼴로 이러한 불행을 겪지만 어리고 미숙한 박쥐는 좀 더 자주 굶게 된다. 박쥐는 60시간 동안 피를 먹지 못하면 **아사**할 위험이 있다.

그러나 다행히 박쥐들은 필요량 이상의 피를 빨아 두었다가 잉여분을 토해 내서 다른 박쥐에게 줄 수 있다. 이런 좋은 해결책이 있지만, 박쥐의 처지에서 본다면 이것은 하나의 **딜레마**이다. 서로 여분의 피를 나누는 박쥐들은 그렇게 하지 않는 박쥐들보다 이익을 얻는다. 그러나 먹이를 얻기만 하고 주지 않는 박쥐가 가장 큰 이익을 얻으며 주기만 하고 받지 못하는 박쥐는 가장 큰 손해를 본다.

박쥐는 동일한 장소에 여러 마리가 함께 서식하는 경향이 있는데, 그들의 수명은 8년 이상으로 제법 길기 때문에 특정 상대와 여러 차례 게임을 반복할 기회가 있다. 통계적으로 볼 때 한 장소에 사는 박쥐들이 가까운 친족은 아니기 때문에 이들의 아량을 친족애로 설명할 수는 없다. 월킨슨은 박쥐들이 맞대응 게임을 하는 것이라고 생각했다. 과거에 피를 제공한 박쥐는 그 상대로부터 피를 보답받는다. 남은 피를 주지 않은 박쥐는 다음에 피를 얻지 못한다. 박쥐들은 이 규칙을 성실하게 준수하는 것으로 보이는데, 서로 털을 손질해 주는 행위는 아마도 이 규칙을 강제 이행하기 위한 것으로 짐작된다. 그들은 서로의 깃털을 손질해 줄 때 피를 저장하는 위가 있는 부위에 특별히 주의를 기울인다. 그 때문이라도 포식으로 불룩해진 배를 다른 박쥐에게 들키지 않는다는 것은 어려운 일이다. 속임수를 쓰는 박쥐는 쉽게 적발된다.

– 매트 리들리, 《이타적 유전자》

• **골육**(骨肉) : 뼈와 살을 아울러 이르는 말. 또는 부자, 형제 등의 육친.
• **아사**(餓死) : 굶어 죽음.
• **딜레마**(dilemma) : 두 가지 중 어느 것을 선택해도 좋지 않은 결과가 나오는 상황.

아로파 세계문학을 펴내며

一日不讀書 口中生荊棘

흔히 책 한 권이 한 사람의 운명을 바꿀 수 있다고 한다. 훌륭한 책을 차분하게 읽는 것이 개개인의 인생 역정에 지대한 영향을 미친다는 의미이다. 특히 젊은 날의 독서는 읽는 그 순간으로 그치는 것이 아니라, 독자의 인생 전반에 걸쳐 그 울림의 자장이 더욱 크다. 안중근 의사가 형장의 이슬로 사라지기 전 후대를 위해 남긴 수많은 경구 중 특히 '일일부독서구중생형극(一日不讀書口中生荊棘)'이라는 유묵이 전하는 바는 지금 이 순간에도 절절하게 다가온다.

고전은 시대와 세대를 뛰어넘어 당대를 사는 독자에게 언제나 깊은 감동을 준다. 시간이 흘러도 인간이 추구하는 근본적이고 보편적인 가치는 변하지 않기 때문이다. 이러한 고전 읽기는 가벼움과 효율성을 중시하는 담론이 지배하고 있는 시대에 우리에게 삶을 다시 한번 돌아보게 한다.

아로파 세계문학 시리즈는 주요 독자를 청소년으로 설정하였다. 번역 과정에서도 원문의 맛을 잃지 않는 한도 내에서 최대한 청소년의 눈높이에 맞추고자 노력하였다. 도서 말미에는 작품을 읽고 토론하는 데 도움을 주는 '깊이읽기' 해설편과 문제편을 각각 수록하였다.

열악한 출판 현실에서 단순히 차려진 밥상에 숟가락을 얹는 것이 아닌, 청소년들이 알을 깨고 나오는 성장기의 고통을 느끼는 데에 일조하고 싶었다. 아무쪼록 아로파 세계문학 시리즈가 청소년들의 가슴을 두드리는 북이 되었으면 하는 바람이다.

옮긴이 **이현주**

서울대학교 서양사학과를 졸업하고 매일경제 신문사 편집국 편집부에서 근무했다. 현재 전문 번역가로 활동하고 있다. 옮긴 책으로는 《펭귄과 리바이어던》, 《X이벤트》, 《대중의 직관》, 《증오의 세기》, 《넥스트 컨버전스》, 《위대한 연설 100》, 《유혹과 조종의 기술》, 《뉴미디어의 제왕들》, 《위닝 포인트》 등이 있다.

아로파 세계문학 **11**
지킬 박사와 하이드

1판 1쇄 발행 2016년 6월 17일
1판 9쇄 발행 2025년 6월 30일

지은이 로버트 루이스 스티븐슨 | 옮긴이 이현주 | 펴낸이 이재종
편 집 윤지혜, 정경선 | 디자인 박주아

펴낸곳 도서출판 **아로파**
등록번호 제2013-000093호
등록일자 2013년 3월 25일
주소 서울시 강남구 도곡로 63길 23, 302호
전화 02_501_0996
팩스 02_569_0660
이메일 *rainbownonsul@daum.net*
ISBN 979-11-87252-02-3
      979-11-950581-6-7(세트)